自学，是我一生的常态

沈从文 ◎ 著

重庆出版集团 重庆出版社

图书在版编目（CIP）数据

自学，是我一生的常态 / 沈从文著. — 重庆：重庆出版社，2021.12
ISBN 978-7-229-16073-9

Ⅰ.①自… Ⅱ.①沈… Ⅲ.①随笔—作品集—中国—当代 Ⅳ.①I266.1

中国版本图书馆CIP数据核字(2021)第199745号

自学，是我一生的常态
ZIXUE，SHIWO YISHENGDE CHANGTAI

沈从文　著

责任编辑：陶志宏　张　蕊
策　　划：白　翎　玉　儿
责任校对：李小君
装帧设计：章敏敏

重庆出版集团
重庆出版社 出版

重庆市南岸区南滨路162号1幢　邮政编码:400061　http://www.cqph.com

观见文化工作室制版
天津行知印刷有限公司印刷
重庆出版集团图书发行有限公司发行
E-MAIL:fxchu@cqph.com　邮购电话:023-61520646
全国新华书店经销

开本：880mm×1230mm　1/32　印张：8　字数：162千
2021年12月第1版　2021年12月第1次印刷
ISBN 978-7-229-16073-9
定价：42.00元

如有印装质量问题，请向本集团图书发行有限公司调换：023-61520678

版权所有　侵权必究

目 录

我来找理想，读点书

> 我想来读点书，半工半读，读好书救救国家。这个国家这么下去实在要不得！

无从毕业的学校 /3

从现实学习 /18

短篇小说 /50

二十年代的中国新文学 /71

从新文学转到历史文物 /82

在湖南吉首大学的演讲 /94

活到老，学到老

从他们身上找自我。

致唯刚先生 /105

从徐志摩作品学习"抒情" /109

学鲁迅 /120

我上许多课仍然不放下那一本大书 /124

从此走上自己的路

困难没有把我难倒,我还是坚持下来。

一点回忆,一点感想 /143

一个转机 /152

学历史的地方 /160

我的写作与水的关系 /166

谈创作 /170

学习写作 /174

我怎么就写起小说来 /178

我年轻时读什么书 /202

对文物、艺术自学

> 美既随阳光所在而存在,情感泛滥流注亦即如云如水,复如云,如水,毫无凝滞。

《艺术周刊》的诞生 /207

艺术教育 /215

谈写字一 /222

滥用名词的商榷 /229

谈谈木刻 /238

跑龙套 /242

我想来读点书,半工半读,读好书救救国家。这个国家这么下去实在要不得!

我来找理想,读点书

无从毕业的学校

我于一九二三年的夏天,从湘西酉水上游的保靖县小小山城中,口袋里带了从军需处领来的二十七块钱路费,到达沅陵时,又从家中拿了二十块钱,和满脑子天真朦胧不切现实的幻想,追求和平、真理、独立自由生活和工作的热忱,前后经过十九天的水陆跋涉,终于到达了一心向往的北京城。

还记得那年正值黄河长江都发大水,到达武汉后就无从乘京汉车直达北京,在小旅馆里住了十多天,看看所有路费已快花光了,不免有点进退失据惶恐。亏得遇到个乾城同乡,也正准备过北京,是任过段祺瑞政府的陆军总长傅良佐的亲戚,当时在北京傅家经管家务,且认识我在北京做事的舅父。因此借了我部分路费。他当时已是个四十多岁的中年人，经常往返北京，出门上路有经验，向车站打听得知，只有乘车转陇海路，到达徐州，再转京浦路，才有机会到达。也算是一种冒险，只有走一步看一步。因为到徐州后是否有京浦车可搭，当时车站中人也毫无把握。我既无路可退，因此决定和他一道同行，总比困在汉口小旅馆中为合理上算！于是又经过六七天，从家乡动身算起，前后约走了二十五天，真是得天保佑，我就居然照我那个自传结尾所说的情形：

……提了一卷行李，出了北京前门的车站，呆头呆脑在车站前面广坪中站了一会儿。走来一个拉排车的，高个子，一看情形知道我是个乡巴佬，就告给我可以坐他的排车到我所要到的地方去。我相信了他的建议，把自己那点简单行李，同一个瘦小的身体，搁到那排车上去，很可笑地让这运货排车把我拖进了北京西河沿一家小客店，在旅客簿上写下——

沈从文，年二十岁，学生，湖南凤凰县人

便开始进到一个使我永远无从毕业的学校，来学那课永远学不尽的人生了。

到达三天后，我又由一个在农业大学读书的黄表弟，陪送我迁入前门附近不远杨梅竹斜街酉西会馆一个窄小房间里，暂时安顿下来。北京当时南城一带，有上百成千大小不等的"会馆"，都是全国各省各州府沿袭明清两代科举制度，为便利入京会试、升学，和留京候差大小官吏而购地建成的。大如"西湖会馆"，内中宽广宏敞，平时可免费留住百十个各自开火的家庭。附近照例还另外有些房产出租给商人，把年租收入作维持会馆修补经费开销。我迁入的是由湘西所属辰沅永靖各府十八县私人捐款筹建的，记得当时正屋一角，就还留下花垣名士张世准老先生生前所作百十块梨木刻的书画板片，附近琉璃厂古董商，就经常来拓印。书画风格看来，比湖南道州何绍基那种肥蠕蠕的字还高一着。此外辛亥以后袁世凯第一任总统时，由熊希龄主持组成的第一任"名流内阁"，熊就是我的小同乡，在本城正街上一个裱画店里长大的。初次来京会试，也就短期住在这个小会馆里，会试中举点翰林后，才迁入湖广会馆。

尚有我的父亲和同乡一个阙耀翔先生，民三来京同住馆中一个房间里，充满革命激情，悄悄组织了个"铁血团"，企图得便谋刺大总统袁世凯。两人都是大少爷出身，阙还是初次出远门，语言露锋芒，不多久，就被当时的侦缉队里眼线知道了消息。我的父亲原是个老谭的戏迷，那天午饭后去看戏时，阙耀翔先生被几个侦缉队捉去。管理会馆那个金姓远亲，赶忙跑到戏院去通知我父亲。他知道情形不妙，不宜再返回住处。金表亲和帮会原有些关系，就和他跑到西河沿打磨厂一个跑热河的镖局，花了笔钱，换了身衣服，带上镖局的红色"通行无阻"的包票，雇了头骡车，即刻出发跑了。因为和热河都统姜桂题、米振标是旧识，到了热河后得到庇护，隐姓埋名，且和家中断绝了消息，在赤峰建平两县做了几年科长，还成了当地著名中医。直到"五四"那年，才由我那卖画为生的哥哥，万里寻亲，把父亲接回湘西，在沅陵住下。至于那个阙先生，据说被捉去问明情形，第二天就被绑到天桥枪毙了。

我初来时，在这个会馆里住下，听那个金姓远亲叙述十年故事，自然漩起了种种感情，等于上了回崭新的历史课。当时宣统皇帝已退位十二年，袁世凯皇帝梦的破灭，亦有了好几年，张勋复辟故事也成了老北京趣闻。经过五四运动一场思想革命，象征满清皇权尊严的一切事事物物，正在我住处不远前门一条笔直大街上，当成一堆堆垃圾加以扫荡。

到京不久，那个在农业大学习园艺的表弟，带我去过宣内大街不远那个京师图书分馆阅览室参观过一次。以后时间已接近冬天,发现那个小小阅览室,不仅有几十种新报刊,可以随意取读,还有取暖饮水等设备,方便群众。这事对我说来可格外重要。因为我随身只有一件灰蓝布夹衫,即或十月里从农大同乡方面,借来了件旧毛绳里衣,在北京过冬,可还是一件麻烦事。住处距宣武门虽比较远,得走二十来分钟灰尘仆仆的泥土路,不多久,我就和宣内大街的"京师图书馆"与"小市"相熟,得到阅书的种种便利了。特别是那个冬天,我就成了经常在大门前等待开门的穷学生之一,几乎每天都去那里看半天书,不问新旧,凡看得懂的都翻翻。所以前后几个月内,看了不少的书,甚至于影响到此后大半生。消化吸收力既特别强,记忆力又相当好,不少图书虽只看过一二次,记下了基本内容,此后二三十年多还得用。

当时小市所占地方虽并不大,东东西西可不少,百十处地摊上出卖的玩意,和三家旧木器店的陈货,内中不少待价而沽的破烂,居多还是十七八九世纪的遗存,现在说来,都应当算作禁止出口的"古文物"了。小市西南角转弯处,有家专卖外文旧书及翻译文学的小铺子,穷学生光顾的特别多。因为既可买,又可卖,还可按需要掉换。记得达夫先生在北京收了许多德国文学珍本旧书,就多是在那里得到的。他用的方法十分有趣,看中了某书时,常前后翻了一翻,故意追问店中小伙计:"这书怎么不全?"本来只二三本的,却向他们要第四本,好凑成全份。书店伙计不识德文,当然不明白有无第四本。书既不全,于是只好再减价一折出售。人熟了点,还可随意借书,收条也不用给。因为老北京风气,说了算数。我就采用这个办法,借看过许多翻译小说。

青春生命正当旺盛期,仅仅这些书籍是消耗不了的,所以同时和在家乡小城市情形一样,还有的是更多机会,继续来阅读"社会"这本大书。因为住处在前门附近偏西一条小街上,向西走,过"一尺大街",就进入东琉璃厂铁栅栏门,除了正街悬挂有招牌的百十家古董店、古书店、古画店和旧纸古墨文具店,还有横街小巷更多的是专跑旧家大宅,代销古玩和其他东东西西的单帮户。就内容言,实在比三十年后午门历史博物馆中收藏品,还充实丰富得多。从任何一家窗口向里望去,都可以见到成堆瓷器漆器,那些大画店,还多把当时不上价的,不值得再装裱的破旧书画,插在进门处一个大瓷缸中,露出大小不一的轴头,让人任意挑选。至多花钱十元八元就可成交。我虽没有财力把我中意的画幅收在身边作参考资料,却有的是机会当别人选购这些画幅时，得便看看，也从旁听听买卖双方的意见，因此增加不少知识。

若向东走，则必须通过三条街道，即廊坊一二三条，或更南些的"大栅栏"，恰恰是包括了北京市容精华的金银首饰店铺、玉翠珠宝铺，满清三个世纪象征皇权尊严和富贵的珍贵皮货店、名贵绸缎呢绒匹头店，以及麝香、鹿茸、熊胆、燕窝、牛黄马宝药物补品店。尽管随走随停，大约有二十分钟，就可到达当时北京城最热闹的前门大街。市面所有大小商店，多还保留明清以来的旧格局，具有各种不同金碧辉煌古色古香高高耸起的门楼，点缀了些式样不同的招牌，和独具一格的商标。有的还把独家经营的货样，悬挂在最显眼处，给生熟主顾一望而知。

到了前门大街，再笔直向前走去，过了珠宝市以后，就还有上百家大小挂货铺，内容更是丰富惊人。若说琉璃厂像个中国古代"文化博物馆"，这些挂货铺就满可以说是个明清两朝由十四世纪算起，到十九世纪为止的"人文博物馆"。举凡近六百年间，象征皇权的尊严起居服用礼乐兵刑的事事物物，几几乎多集中于这些大小店铺中，正当成废品加以处理。一个有心人都可望用极不足道的低廉价钱，随心所欲不甚费力就可得到。什么"三眼花翎""双眼花翎"头品顶戴连同这种王侯公卿名位自来旧红缨凉帽，天青宁绸海龙出锋外套，应有尽有一切随身附件，丹凤朝阳嵌珠点翠的皇亲国戚贝勒命妇的冠戴，原值千金的"翠玉翎管扳指"，"钦赐上用"成分的荷包，来自大西洋的整匹"咔喇"，大红猩猩毡的风帽，以及象牙虬角的"京八寸"烟管，紫檀嵌螺钿的鸦片烟具，全份象牙精雕细磨而成的鼻烟用具，乌铜走银的云南福禄寿三星，总兵提督军门的整份盔甲，王公贵戚手上轻摇的芝麻雕白羽扇，以至出自某某王府祖传三代的祠堂中供奉的写真大像，都在大拍卖处理中，招邀主顾。进出店铺这些洋人洋婆子，好事猎奇，用个十元八元就可得到。天桥一带地摊上，还更加五光十色，耀人眼目，整匹的各色过时官纱、洋绉、板绫、官缎，都比当时流行的三友牌"爱国布"还不值钱，百十种摊在路边土地上，无人过问。皮毛部分则在陈杂皮货堆中，只要稍稍留心，随时可以发现天马玄狐倭刀腿七分旧的料子，还有宋代以来当作特别等级的马具猱座，经过改动的金丝猴炕垫背心，和全头全尾的紫貂北獭……这类物色，十多年前有的只有皇上钦赐才许服用的特别珍贵皮毛衣物，只要你耐烦寻觅，都无不可从一堆堆旧皮料中发现。

这条大街可相当长，笔直走去可直达"天桥"。到天桥时，西边还有一组包括了百十个用席棚分隔，杂耍杂艺，每天能接纳成千上万北京小市民的娱乐开心的场所。有的得先花个一毛二毛，才能分别入座，有的却随意进出，先观看后收钱。照例不少人到收钱时就一哄而散。但又总有个预防措施，自己绷场面的伙计，尽先撒一把钱，逗那些新从外地来的游人，不能不丢下几个小制钱，才嘻嘻哈哈走去。这里主要顾客虽是"老北京"为了消耗多余生命，消闲遣闷的世界，却依然随处都可发现衣着单薄，不大成体统的外省大学生，或留在会馆候差的中年人。因此也不缺少本地出产的经营最古职业的做零活的妇人，长得身材横横的，脸上敷了一层厚厚的白粉，再加上两饼桂元大洋红胭脂，三三两两到处窜动，更乐意在游人多处，有意挤那些一望而知是初初来到的外省人身边去，比在公园里更大胆更无忌讳。只是最能吸引我这个乡巴佬兴味的，却是前门大街南边一点，街两旁那百十家大小不一的"挂货铺"。

我就用眼所能及，手所能及的一切，作为自我教育材料，用个"为而不有"的态度，在这些地方流连忘返地过了半年。我理会到这都是一种成于万千世代专业工匠手中的产物，很多原材料还来自万千里外,具有近古各国文化交流历史含义的。它的价值不是用货币可以说明,还充满了深厚友好情谊,比用文字叙述更重要更难得,且能说明问题的。但是当时代表开明思想新一代学人,却极少有人注意到这个问题,居多只当成一份"封建垃圾"看待。只觉得尽那些直脚杆西洋人,和那些来自罗刹国的洋婆子,收拾破烂,尽早把它当成无价宝买去好。事事物物都在说明二千年封建,和明清两代老北京遗留物,正在结束消灭中。

可是同样在这条大街上及后门一带,却又到处可以发现带辫发的老中幼"北京人",大街小巷中,且还到处可以见到红漆地墨书的"皇恩春浩荡,明治日光华",歌颂天恩帝德的门联。我就在这个历史交替的阶段中,饱读了用人事写成的一卷离奇不经的教育约半年,住处才转到沙滩附近北河沿银闸胡同和中老胡同各公寓,继续用另外一种方式学习下去。

乍到这个学府新环境中,最引起我的兴趣和激发我的幽默感处,是从男学生群中,发现大多数初来北京的土老老,为钦慕京派学生的时髦,必忙着去大栅栏西头"大北照相馆",照几张纪念相。第一种是穿戴博士帽的毕业像,第二种是一身洋服像,第三种是各就不同相貌、身材和个人兴趣,照个窦尔墩、黄天霸、白玉堂，或诸葛亮唱《空城计》时的须生戏装像。这些戏装是随时可租，有时却得先挂上号，另外约定日子才去照的。

迁居到沙滩附近小公寓后，不多久就相熟了许多搞文学的朋友。就中一部分是北大正式学生，一部分却和我一样，有不少不登记的旁听生，成绩都比正式生还更出色，因为不受必修课的限制，可以集中精力专选所喜爱的课题学下去。也有当年考不起别的合理想学校而留下自行补修的。也有在本科中文系毕了业，一时不想就业，或无从就业，再读三年外文的。也有本人虽已毕业，为等待朋友或爱人一同毕业而留下的。总之，都享受到当时学校大门开放的好处。

当时一般住公寓的为了省事，更为了可以欠账，常吃公寓包饭。一天两顿或三顿，事先说定，定时开饭。过时决不通融，就得另想办法。但是公寓为了节省开支，却经常于半月二十天就借口修理炉灶，停火一二天，那时我就得到小铺子去解决吃的问题。围绕红楼马神庙一带，当时约有小饭铺二十来家，有包月饭也有零餐。铺子里座位虽不多，为了竞争买卖，经常有"锅塌豆腐""摊黄菜""木樨肉""粉蒸肉""里脊熘黄瓜"一类刺激食欲的可口菜名写在牌子上，给人自由选择。另外一水牌则记上某某先生某月日欠账数目。其中还照例贴有"莫谈国事"的红绿字条。

年在五十开外的地区警察，也经常照例出现于各饭馆和各公寓门里掌柜处，谈谈家常，吸一支海盗牌香烟，随后即连声"回头见，回头见"溜了。事实上，这些年青学生多数兴趣，正集中在尼采、拜伦、歌德、卢梭、果戈里，涉及政治，也多只是从报上知道国会议员，由"舌战"进而为"武斗"，照一定程序，发生血战后，先上"医院"填写伤单，再上"法院"相互告状，末了同上"妓院"和解了事。别的多近于无知，也无从过问的。巡警兴趣却在刘宝全、白云鹏、琴雪芳、韩世昌、燕子李三，因为多是大小报中时下名人。彼此既少共同语言，所以互不相犯。在沙滩附近走走，也只是"例行公事"而已。到校真正搜捕学生时，却是另外侦缉队的差事，和区里老巡警不相关的。

沙滩一带成为文化中心，能容下数以千计的知识分子，除了学校自由思想的精神熏陶浸润得到的好处以外，另外还有个"物质"条件，即公寓可以欠账，煤铺可以欠账，小食堂也可以欠账。这种社会习惯，也许还是从晚清来京科举应试，或入京候补外放穷官，非赊欠无以自存遗留下来的。到"五四"

以后，当时在京做小官的仍十分穷窘，学生来自各省，更穷得可笑。到严冬寒风中，穿了件薄薄的小袖高领旧而且破灰蓝布夹衫，或内地中学生装的，可说举目可见。我还记得某一时节，最引人注目的一位，可能是来自云南的柯仲平，因为个子特别高大，长衫却特别短小。我因为陈翔鹤关系，和他有一面之缘，也在同一小饭铺吃过几回饭。至于我，大致因为个子极小，所以从不怎么引人注意。其实穿的是同样单薄，在北方掌柜眼中，实不必开口，就明白是来自南方什么小城市的。

当时不仅学生穷的居多，大学教授经常也只发一成薪水，还不能按时领到手。如丁西林、周鲠生、郁达夫诸先生，每月定薪三百六十元，实际上从会计处领到三十六元，即十分高兴。不少单身教授，也常在小饭铺吃饭。因此开公寓的、开饭铺的，更有理由向粮食店、肉店、煤店继续赊借，把事业维持下去，十分自然，形成一套连环举债制度。就我所知，实可以说，当时若缺少这个连环赊欠制度，相互依存关系，北大的敞开校门办学，也不会在二十年代，使得沙滩一带以北大为中心带来的思想文化繁荣的。

在这种空气环境中，艰苦朴素勤学苦干的自然居多数，可也少不了来自各省的大少爷、纨绔子和形式主义装模作样的

"混混"。记得后来荣任北平市长的胡××,在东斋住下时,就终日以拉胡琴、捧戏子为主要生活。还有个外文系学生张××,长得人如其名,仪表堂堂,经常穿了件极其合身的黑呢大衣,左手挟了几本十八九世纪英国诗人名著,右手仿照图画中常见的拜伦、雪莱或拿破仑姿势,插到胸前大衣扣里,有意作成抚心沉思或忧伤状态,由红楼走出时,慢慢沿着红楼外墙走去,虽令熟人看来发笑,也或许同时还会博得陌生人肃然起敬,满足自己的表演。

据陈炜谟说,这一位公子哥儿,实在蠢得无以复加。因为跟一个瞎子学弹三弦,学了大半年,还不会定弦,直气得那瞎师傅把三弦摔到地下,认为一生少见的蠢材,一个学费也不收,和他分手而去。只是我看到他时,却依旧作成诗人姿势,外表庄严,内心充实,继续不改常度。和他在沙滩一带碰头时,且觉得十分有趣。扮拜伦虽不算成功,却够得上算是果戈里戏剧中成功角色之一。正因为沙滩一带候补学士、未来作家中,既包罗万有,因此自以为是尼采,或别的什么大诗人大文学家本人,或作品中角色的,都各有其人。我还发现过许多这种趣人趣事,比旧小说中的《儒林外史》、《二十年目睹之怪现状》,新小说中契诃夫作品中角色,反映的人事种种,还更精彩生动，活泼自然。因此总是用两方面得来的知识印象相互补充，丰富我学习的内容阔度和深度。综合这份离奇不经教育，因而形成我自己的工作方式方法和做人信念。

从现实学习

——近年来有人说我不懂"现实",不懂现实,追求"抽象",勇气虽若热烈,实无边际。在杨墨并进时代,不免近于无所归依,因之"落伍"。这个结论不错,平常而自然。极不幸即我所明白的"现实",和从温室中培养长大的知识分子所明白的全不一样,和另一种出身小城市自以为是属于工农分子明白的也不一样,所以不仅目下和一般人所谓现实脱节,即追求抽象方式,恐亦不免和其他方面脱节了。试疏理个人游离于杨墨以外种种,写一个小文章,用作对于一切陌生访问和通信所寄托的责备与希望的回答。

我第一次听到"现实"两个字，距如今已二十五年。我原是个不折不扣的乡巴佬，辗转于川黔湘鄂二十八县一片土地上。耳目经验所及，属于人事一方面，好和坏都若离奇不经。这分教育对于一个生于现代城市中的年青人，实在太荒唐了。可是若把它和目下还存在于中国许多事情对照对照，便又会觉得极平常了。当时正因为所看到的好的农村种种逐渐崩毁，只是大小武力割据统治作成的最愚蠢的争夺打杀，对于一个年青人教育意义是现实，一种混合愚蠢与堕落的现实，流注浸润，实在太可怕了，方从那个半匪半军部队中走出。不意一走便撞进了住有一百五十万市民的北京城。第一回和一个亲戚见面时，他很关心地问我："你来北京，做什么的？"我即天真烂漫地回答说："我来寻找理想，读点书。""嘻，读书。你有什么理想，怎么读书？你可知道，北京城目下就有一万大学生，毕业后无事可做，愁眉苦脸不知何以为计。大学教授薪水十折一，只三十六块钱一月，还是打躬作揖联合罢教软硬并用争来的。大小书呆子不是读死书就是读书死，哪有你在乡下作老总有出息！""可是我怎么作下去？六年中我眼看在脚边杀了上万无辜平民，除对被杀的和杀人的留下个愚蠢残忍印象，什么都学不到！做官的有不少聪明人，人越聪明也就越纵容愚蠢气质抬头，而自己俨然高高在上，以万物为刍狗。被杀的临死时的沉默，恰像是一种抗议：'你杀了我肉体，我就腐烂你灵魂。'灵魂是个看不见的东西，可是它存在，它将从另外许多方面能证明存在。这种腐烂是有传染性的，于是大小军官就相互传染下去，越来越堕落，越变越坏。你可想得到，一个机关三百职员有百五十支烟枪，是个什么光景？我实在待不下了，才跑出来！……我想来读点书，半工半读，读好书救救国家。这个国家这么下去实在要不得！"

我于是依照当时《新青年》《新潮》《改造》等等刊物所提出的文学运动社会运动原则意见，引用了些使我发迷的美丽词令，以为社会必须重造，这工作得由文学重造起始，文学革命后，就可以用它燃起这个民族被权势萎缩了的情感，和财富压瘪扭曲了的理性。两者必须解放，新文学应负责任极多。我还相信人类热忱和正义终必抬头，爱能重新黏合人的关系，这一点明天的新文学也必须勇敢担当。我要么从外面给社会的影响，或从内里本身的学习进步，证实生命的意义和生命的可能。说去说来直到自己也觉得不知所谓时，方带怩止住。事实上呢，只需几句话即已足够了。"我厌恶了我接触的好的日益消失坏的支配一切那个丑恶现实。若承认它，并好好适应它，我即可慢慢升科长，改县长，做厅长。但我已因为厌恶而离开了。"至于文学呢，我还不会标点符号！我承认应当从这个学起，且丝毫不觉得惭愧。因为我相信报纸上说的，一个人肯勤学，总有办法的。

亲戚为人本富于幽默感，听过我的荒谬绝伦抒情议论后，完全明白了我的来意，充满善心对我笑笑地说："好，好，你来得好。人家带了弓箭药弩入山中猎取虎豹，你倒赤手空拳带了一脑子不切实际幻想入北京城作这分买卖。你这个古怪乡下人，胆气真好！凭你这点胆气，就有资格来北京城住下，学习一切经验一切了。可是我得告你，既为信仰而来，千万不要把信仰失去！因为除了它，你什么也没有！"

我当真就那么住下来了。摸摸身边，剩余七块六毛钱。五四运动以后第三年。

怎么向新的现实学习？先是在一个小公寓湿霉霉的房间，零下十二度的寒气中，学习不用火炉过冬的耐寒力。再其次是三天两天不吃东西，学习空空洞洞腹中的耐饥力。再其次是从饥寒交迫无望无助状况中，学习进图书馆自行摸索的阅读力。再其次是起始用一支笔，无日无夜写下去，把所有作品寄给各报章杂志，在毫无结果等待中，学习对于工作失败的抵抗力与适应力。各方面的测验，间或不免使得头脑有点儿乱，实在支撑不住时，便跟随什么奉系直系募兵委员手上摇摇晃晃那一面小小白布旗，和五七个面黄肌瘦不相识同胞，在天桥杂耍棚附近转了几转，心中浮起一派悲愤和混乱。到快要点名填志愿书发饭费时，那亲戚说的话，在心上忽然有了回音，"可千万别忘了信仰！"这是我唯一老本，我哪能忘掉？便依然从现实所作成的混乱情感中逃出，把一双饿得昏花蒙眬的眼睛，看定远处，借故离开了那个委员，那群同胞，回转我那"窄而霉小斋"，用空气和阳光作知己，照旧等待下来了。记得郁达夫先生第一次到我住处来看看，在口上，随后在文章上，都带着感慨劝我向亲戚家顺手偷一点什么，即可从从容容过一年时，我只笑笑。为的是他只看到我的生活，不明白我在为什么而如此生活。这就是我到北方来追求抽象，跟现实学习，起始走的第一段长路，共约四年光景。年青人欢喜说"学习"和"斗争"，可有人想得到这是一种什么学习和斗争！

这个时节个人以外的中国社会呢，代表武力有大帅、巡阅使、督军和马弁，代表文治有内阁和以下官吏到传达，代表人民有议会参众两院到乡约保长，代表知识有大学教授到小学教员。武人的理想为多讨几个女戏子，增加家庭欢乐。派人和大土匪或小军阀招安搭伙，膨胀实力。在会馆衙门做寿摆堂会，增加收入并表示阔气。再其次即和有实力的地方军人，与有才气的国会文人叙谱打亲家，企图稳定局面或扩大局面。凡属武力一直到伙夫马夫，还可向人民作威作福，要马料柴火时，吓得县长越墙而走。至于高级官吏和那个全民代表，则高踞病态社会组织最上层，不外三件事娱乐开心：一是逛窑子，二是上馆子，三是听乐子。最高理想是讨几个小姨子，找一个好厨子。（五子登科原来也是接收过来的！）若兼作某某军阀驻京代表时，住处即必然成为一个有政治性的俱乐部，可以唱京戏，推牌九，随心所欲，京兆尹和京师警察总监绝不会派人捉赌。会议中照报上记载看来，却只闻相骂、相打，打到后来且互相上法院起诉。两派议员开会，席次相距较远，神经兴奋无从交手时，便依照《封神演义》上作战方式，一面大骂一面祭起手边的铜墨盒法宝，远远抛去，弄得个墨汁淋漓。一切情景恰恰像《红楼梦》顽童茗烟闹学，不过在庄严议会表演而已。相形之下，会议中的文治派，在报上发表的宪法约法主张，自然见得黯然无色。任何理论都不如现实具体，但这却是一种什么现实！在这么一个统治机构下，穷是普遍的事实。因之解决它即各自着手。管理市政的卖城砖，管理庙坛的卖柏树，管理宫殿的且因偷盗事物过多难于报销，为省事计，索性放一把火将那座大殿烧掉，无可对证。一直到管理教育的一部之长，也未能免俗，把京师图书馆的善本书，提出来抵押给银行，用为发给部员的月薪。总之，凡典守保管的，都可以随意处理。即自己性命还不能好好保管的大兵，住在西苑时，也异想天开，把圆明园附近大路路面的黄麻石，一块块撬起卖给附近学校人家起墙造房子。卖来买去，政府当然就卖倒了。一团腐烂，终于完事。但促成其崩毁的新的一群，一部分既那么贴进这个腐烂堆积物，就已经看出一点征象，于不小心中沾上了些有毒细菌。当时既不曾好好消毒防止，当然便有相互传染之一日。

从现实以外看看理想，这四年中也可说是在一个新陈代谢挣扎过程中。文学思想运动已显明在起作用，扩大了年青学生对社会重造的幻想与信心。那个人之师的一群呢，五四已过，低潮随来。官僚取了个最像官僚的政策，对他们不闻不问，使教书的同陷于绝境。然而社会转机也即在此。教授过的日子虽极困难，唯对现实的否定，差不多却有了个一致性。学生方面则热忱纯粹分子中，起始有了以纵横社交方式活动的分子，且与五四稍稍不同，即"勤学"与"活动"已分离为二。不学并且像是一种有普遍性的传染病。（这事看来小，发展下去影响就不小！五四的活动分子，大多数都成了专家学者，对社会进步始终能正面负责任。三一八的活动分子，大多数的成就，便不易言了。许多习文学的，当时即搁了学习的笔，在种种现实中活动，联络这个，对付那个，欢迎活的，纪念死的，开会，打架——这一切又一律即名为革命过程中的争斗，庄严与猥亵的奇异混合，竟若每事的必然，不如此即不成其为活动。问问"为什么要这样？"就中熟人即说："这个名叫政治。政治学权力第一。如果得到权力，就是明日伟大政治家。"这一来，我这个乡下人可糊涂了。第一是料想不到文学家的努力，在此而不在彼。其次是这些人将来若上了台，能为国家做什么事？有些和我相熟的，见我终日守在油腻腻桌子边出神，以为如此待下去不是自杀必然会发疯，从他们口中我第二次听到现实。证明抽象的追求现实方式。

"老弟，不用写文章了。你真太不知道现实，净做书呆子做白日梦，梦想产生伟大的作品，哪会有结果？不如加入我们一伙，有饭吃，有事做，将来还可以——只要你愿意，什么都不难。"

"我并不是为吃饭和做事来北京的！"

"那为什么？难道当真喝北风、晒太阳可以活下去？欠公寓伙食账太多时，半夜才能回住处，欠馆子饭账三五元，就不大能从门前走过，一个人能够如此长远无出息地活下去？我问你。"

"为了证实信仰和希望，我就能够。"

"信仰和希望，多动人的名词，可是也多空洞！你就呆呆地守住这个空洞名词拖下去，挨下去，以为世界有一天忽然会变好？老弟，世界上事不那么单纯，你所信仰希望的唯有革命方能达到。革命是要推翻一个当前，不管它好坏，不问用什么手段，什么方式。这是一种现实。你出力参加，你将来就可做委员，做部长，什么理想都可慢慢实现。你不参加，那就只好做个投稿者，写三毛五一千字的小文章，过这种怪寒碜的日子下去了。"

"你说信仰和希望，只是些单纯空洞名词，对于我并不如此。它至少将证明一个人由坚信和宏愿，能为社会作出点切切实实的贡献。譬如科学……"

"不必向我演说，我可得走了。我还有许多事情！四点钟还要出席同乡会，五点半出席恋爱自由讨论会，八点还要……老弟，你就依旧写你的杰作吧，我要走了。"

时间于是过去了，"革命"成功了。现实使一些人青春的绿梦全褪了色。我那些熟人，当真就有不少凭空做了委员，娶了校花，出国又回国，从作家中退出，成为手提皮包一身打磨得光亮亮小要人的。但也似乎证实了我这个乡下人的呆想头，并不十分谬误。做官固然得有人，做事还要人，挂个作家牌子，各处活动，终日开会吃点心固然要人，低头从事工作更要人。守住新文学运动所提出的庄严原则，从"工具重造"观点上锲而不舍有所试验的要人，从"工具重用"观点上，把文学用到比宣传品作用深远一些，从种种试验取得经验尤其要人。革命如所期待的来临，也如所忧虑的加速分化。在这个现实过程中，不幸的做了古人，幸运的即做了要人。文学成就是各自留下三五十首小诗，或三五篇小说，装点装点作家身份。至于我呢，真如某兄所说，完全落了伍。因为革命一来，把三毛到一元文字的投稿家身份也剥夺了，只好到香山慈幼院去做个小职员。但自己倒不在意，只觉得刚走毕第一段路，既好好接触这个新的现实，明白新的现实，一切高尚理想通过现实时，所形成的分解与溃乱，也无一不清清楚楚，而把保留叙述这点儿现实引为己任，以为必可供明日悲剧修正的参考。

在革命成功热闹中，活着的忙于权利争夺时，刚好也是文学作品和商业资本初次正式结合，用一种新的分配商品方式刺激社会时，现实政治和抽象文学亦发生了奇异而微妙的联系。我想要活下去，继续工作，就必得将工作和新的商业发生一点关系。我得起始走进第二步路，于是转到一个更大更现实的都市，上海。上海的商人，社会，以及作家，便共同给我以另外一课新的测验，新的经验。

　　当时情形是一个作家总得和某方面有点关连，或和政治，或和书店——或相信，或承认，文章出路即不大成问题。若依然只照一个"老京派"方式低头写，写来用自由投稿方式找主顾，当然无出路。且现代政治的特殊包庇性，既已感染到作家间，于是流行一种现实争斗，一律以小帮伙作基础，由隔离形成小恩小怨，对立并峙。或与商业技术合流，按照需要，交换阿谀，标榜同道，企图市场独占。或互相在文坛消息上制造谣言，倾覆异己，企图取快一时。在这种变动不安是非不明的现实背景中，人的试验自然也因之而加强。为适应环境更需要眼尖手快，以及能忽彼忽此。有昨日尚相互恶骂，今日又握手言欢的。有今天刚发表雄赳赳的议论，大家正为他安全担心，隔一日却已成为什么什么老伙计的。也有一面兼营舞场经理，赌场掌柜，十分在行，一面还用绿色水笔写恋爱诗，红色水笔写革命诗的。……总之，千奇百怪，无所不有。对于文学，由这些人说来，不过是一种求发展求生存的工具或装饰而已。既不过是工具或装饰，热闹而不认真处，自然即种下些恶种子，影响于社会的将来。很可惜即一些准备执笔的年青朋友，习染于这个风气中，不能不一面学习写作，一面就学习送丧拜寿。其时个人用个人名分有所写作，成绩足以自见的，固不乏人。但一般情形却是，集团表面越势力赫赫，这部门也就越显得空虚。由个人自由竞争转而成为党团或书商竞争，各用其作家群出版为竞争营业计，因之昨日方印行三民主义，今日即印行儿童妇女教育。对作家则一律以不花钱为原则，书籍既成商品，方合经济学原理。但为营业计，每一书印出尚可见大幅广告出现，未尝不刺激了作者，以为得不到金钱总还有个读者。至于政治，则既有那种用作家名分做委员要人的在内，当然还要文学，因此到某一天，首都什么文学夜会时，参加的作家便到了四五百人。且有不少女作家。事后报上还很生动地叙述这个夜会中的种种，以为要人和美丽太太都出席，增加了夜会的欢乐进步空气。要人之一其实即是和我同在北平小公寓中住下，做了十多年作家，还不曾印行过一个小小集子的老朋友。也就是告我政治即权力的活动家。夜会过后，这"魔手生蛋"一般出现的四百作家，也就似

—29

乎忽然消失了，再不曾听说有什么作品上报了。这个现实象征的是什么，热闹是否即进步，或稍稍有点进步的希望？现实对某些人纵不可怕，对年青的一辈却实在是影响恶劣。原来一种新的腐败已传染到这个部门，一切如戏，点缀政治。无怪乎"文学即宣传"一名词，毫无人感觉奇异。……乡下人觉得三年中在上海已看够了，学够了，因之回到了北平，重新消失于一百五十万市民群中，不见了。我明白，还只走完第二段路，尚有个新的长长的寂寞跋涉，待慢慢完成。北平的北风和阳光，比起上海南京的商业和政治来，前者也许还能督促我，鼓励我，爬上一个新的峰头，贴近自然，认识人生。

我以为作家本无足贵，可贵者应当是他能产生作品。作品亦未必尽可贵，可贵者应当他的成就或足为新文学运动提出个较高标准，创造点进步事实：一面足以刺激更多执笔者，有勇气，能作各种新的努力和探险；一面且足以将作品中可浸润寄托的宏博深至感情，对读者能引起普遍而良好的影响。因此一个作家当然不能仅具个作家身份，即用此身份转而成为现实政治的清客，或普通社会的交际花为已足。必须如一般从事科学或文史工作者，长时期沉默而虔敬地有所从事，在谨严认真持久不懈态度上，和优秀成就上，都有同样足资模范的纪录。

事业或职业部门多,念念不忘出路不忘功利的,很可以在其他部门中得到更多更方便机会,不必搞文学,不必充作家。政治上负责者无从扶助这个部门的正常发展,也就得放弃了它,如放弃学校教育一样,将它一律交给自由主义者,听其在阳光和空气下自由发展。(教育还包含了点权利,必国家花钱,至于文学,却近乎完全白尽义务,要的是政府给予以自由,不是金钱!)这个看法本极其自然,与事实需要亦切合。然于时政治上已有个独占趋势,朝野既还有那些走路像作家,吃饭像作家,稿纸上必印就"××创作用稿",名片上必印就"××文学会员"的活动人物,得在上海争文运作为政治据点,且寄食于这个名分上。因之在朝在野可作成的空气,就依然还是把作家放入宣传机构作属员为合理。凡违反这个趋势的努力都近于精力白费,不知现实。"民族文学""报告小说"等等名词即应运而生。多少人的活动,也因之与中国公文政治有个一致性,到原则方案提出后,照例引起一阵辩论,辩论过后,告一段落,再无下文。正因为空文易热闹,实难见好,相互之间争持名词是非,便转而越见激烈。到无可争持时,同属一伙还得争个名分谁属,谁发明,谁领导,来增加文运活泼空气。真如所谓"妄人争年,以后止者为胜",虽激烈而持久,无助于真正进步亦可想而知！活泼背后的空虚，一个明眼人是看得出的。

文学运动既离不了商业竞卖和政治争夺，由切实工作转入宣传铺张，转入死丧庆吊仪式趋赴里，都若有个风命的必然。在这个风气流转中，能制造点缀"时代"风景的作家，自然即无望产生受得住岁月陶冶的优秀作品。玩弄名词复陶醉催眠于名词下的作家既已很多了，我得和那个少数争表现。工作也许比他人的稍麻烦些，沉闷些，需保持单纯和严谨，从各方面学习试用这支笔，才能突破前人也超越自己。工作游离于理论纠纷以外，于普通成败得失以外，都无可避免。即作品的表现方式，也不得不从习惯以外有所寻觅，有所发现，扩大它，重造它，形成一种新的自由要求的基础。因之试从历史传说上重新发掘，腐旧至于佛典中喻言禁律，亦尝试用一种抒情方式，重新加以处理，看看是不是还能使之翻陈出新。文体固定如骈文和偈语，亦尝试将它整个解散，与鄙俚口语重新拼合，证明能不能产生一种新的效果。我还得从更多不同地方的人事和景物取证，因之不久又离开北京，在武汉，在青岛各地来去过了三年。就中尤以在青岛两年中，从多阳光的海岸边所做的长时间的散步，大海边的天云与海水，以及浪潮漂洗得明莹如玉的螺蚌残骸所得的沉默无声的教育，竟比一切并世文豪理论反而还具体。唯工作方式既游离于朝野文学运动理论和作品所提示的标准以外，对于寄食的职业又从不如何重视，所以对普遍生活言，我近于完全败北。然而对于工作信仰和希望，却反而日益明确。在工作成就上，我明白，还无望成为一个优秀作家，在工作态度上，却希望能无愧于手中一支笔，以及几个良师益友一群赞赏者对于这支笔可作的善意期许。

东北陷于日人手中后，敌人势力逼近，平津、华北有特殊化趋势。为国家明日计，西北或河南山东，凡事都得要重新做起，问题不轻细。有心人必承认，到中央势力完全退出时，文字在华北将成为唯一抵抗强邻坚强自己的武器。三十岁以上一代，人格性情已成定型，或者无可奈何了，还有个在生长中的儿童与少壮，待注入一点民族情感和做人勇气。因之和几个师友接受了一个有关国防的机构委托为华北学生编制基本读物。从小学起始，逐渐完成。把这些教材带到师大附小去做实验的，还是个国立大学校长，为理想的证实，特意辞去了那个庄严职务，接受这么一份平凡工作。乡下人的名衔，则应当是某某小学国文教师的助理。（同样做助理的，还有个是国内极负盛名大学的国文系主任！）照政治即权力的活动家说来，这义利取舍多不聪明，多失计。但是，乡下人老实沉默走上第三段路，和几个良师益友在一处工作继续了四年，很单纯，也很愉快。

在争夺口号名词是非得失过程中，南方以上海为中心，已得到了个"杂文高于一切"的成就。然而成就又似乎只是个结论，结论且有个地方性，有个时间性，一离开上海，过二三年后，活泼热闹便无以为继，且若无可追寻。在南京，则文学夜会也够得个活泼热闹！在北平呢，真如某"文化兄"所说，死沉沉的。人与人则若游离涣散，见不出一个领导团体。对工作信念，则各自为战，各自低头寻觅学习，且还是一套老心情，藏之名山，传诸其人，与群众脱离，与现实脱离。某"文化兄"说的当然是一种真实。但只是真实的一面，因为这死沉沉与相对的那个活泼泼，一通过相当长的时间，譬如说，三年四年吧，比较上就会不同一点的。在南方成就当然也极大。唯一时引起注意热闹集中的大众语、拉丁化等等，却似乎只作成一个政治效果，留下一本论战的总集，热闹过后，便放弃了。总之，团体和成就竟若一个相反比例，集团越大成就就越少。所以在南京方面，我们竟只留下一个印象，即"夜会"继以"虚无"。然而在北方，在所谓死沉沉的大城里，却慢慢生长了一群有实力有生气的作家。曹禺、芦焚、卞之琳、萧乾、林徽因、李健吾、何其芳、李广田……是在这个时期中陆续为人所熟悉的,而熟悉的不仅是姓名,却熟悉他们用个谦虚态度产生的优秀作品!因为在游离涣散不相黏附各自为战情形中,即有个相似态度,争表现,从一个广泛原则下自由争表现。再承认另一件事实,即听凭比空洞理论还公正些的"时间"来陶冶清算,证明什么将消灭,什么能存在。这个发展虽若缓慢而呆笨,影响之深远却到目前尚有作用,一般人也可看出的。提及这个扶育工作时,《大公报》对文学副刊的理想,朱光潜、闻一多、郑振铎、叶公超、朱自清诸先生主持大学文学系的态度,巴金、章靳以主持大型刊物的态度,共同作成的贡献是不可忘的。

只可惜工作来不及作更大的展开,战争来了。一切书呆子的理想,和其他人的财富权势,以及年青一辈对生活事业的温馨美梦,同样都于顷刻间失去了意义。于是大家沉默无言在一个大院中大火炉旁,毁去了数年来所有的资料和成绩,匆匆离开了北平,穿过中国中部和西南部,转入云南。现实虽若摧毁了一切,可并不曾摧毁个人的理想。

这并不是个终结,只是一个新的学习的开始。打败仗图翻身，胜利后得建国，这个部门的工作，即始终还需要人临以庄敬来谨慎从事。工作费力而难见好。在人弃我取意义下，我当然还得用这一支笔从学习中讨经验，继续下去。

到云南后便接近一个新的现实社会。这社会特点之一，即耳目所及，无不为战争所造成的法币空气所渗透。地方本来的厚重朴质，虽还保留在多数有教养的家庭中，随物质活动来的时髦，却装点到社会表面。阳光下自由既相当多，因之带刺的仙人掌即常常缠了些美而易谢的牵牛花，和织网于其间的银绿色有毒蜘蛛，彼此共存共荣。真实景物中即还包含了个比喻，即在特别温暖气候中，能生长高尚理想，也能繁荣腐臭事实。少数人支配欲既得到个充分发展机会，积累了万千不义财富，另外少数人领导欲亦需要寻觅出路，取得若干群众信托。两者照理说本相互对峙，不易混合，但不知如何一来，却又忽然转若可以相互依赖，水乳交融，有钱有势的如某某军阀官僚，对抽象忽发生兴味，装作追求抽象的一群，亦即忽略了目前问题。因之地方便于短短时期中忽然成为民主的温室。到处都可听到有人对于民主的倾心，真真假假却不宜过细追问。银行客厅中挂满了首都名流的丑恶字画，又即在这种客厅中请来另外一些名流作家反复演讲。在这个温室中，真正对学术有贡献，做人也站得住的纯粹知识分子，在国家微薄待遇中，在物价上涨剥削中，无不受尽困辱饥饿，不知何以为生。有些住处还被人赶来赶去。也少有人注意到他们对国家社会战时平时的重要性，或就能力所及从公私各方面谋补救之力。小部分在学识上既无特别贡献，为人还有些问题的，不是从彼一特殊意义中，见得相当活跃，即是从此一微妙关系中，见得相当重要。或相反，或相成，于是到处有国际猜谜的社论，隔靴搔痒的座谈，新式八股的讲演，七拼八凑的主张。凡事都若异常活泼而热烈，背后却又一例寄托于一个相当矛盾的不大不小各种机缘上。一切理想的发芽生根机会，便得依靠一种与理想相反的现实。所以为人之师的，一面在推广高尚的原则，一面亦即在承认并支持一些不甚高尚的现实。一些青年朋友，呼吸此种空气，也就成为一个矛盾混合体。贫穷的子弟多还保有农村的朴质纯粹，非常可爱；官商子弟暴发户，则一面从不拒绝家中得来的不义之财，买原子笔学跳舞，以为时髦不落人后，一面也参加回把朗诵诗晚会，免得思想落伍。由于一时兴奋，什么似乎都能否定，兴奋过后继以沉默，什么似乎又即完全承认。社会一面如此，另一面则又有些人，俨若游离于时代苦闷以外，实亦在时代苦闷之中。即一部分知识分子，平时以儒学自许，自高自卑情绪错综纠结，寂寞难受，思有以自见，即放弃了"子不语怪力乱神"的理性态度，听生命中剩余宗教情绪泛滥，一变而公开为人念咒诵经，打鬼驱魔。还有人从种种暗示中促成家中小孩子白日见神见鬼，且于小小集团中，相互煽惑，相互传染。举凡过去神权社会巫术时代的形形色色，竟无不在着长袍洋装衣冠中复演重生。由藏入滇的喇嘛，穿上朱红明黄缎袍，坐了某委员的厅长吉普车满街兜风，许多有知无知的善男信女，因之即在大法王驻跸处把头磕得个昏昏沉沉，求传法得点灵福。（这些人可绝想不到中甸大庙那个活佛，却是当地唯一钟表修理人！）大约这也分散了些民主的信仰，于是就来了"政治"，又有什么"国特"活动的近乎神迹鬼话的传说，铺张于彼此寒暄里。……试为之偈曰："一切如戏，点缀政治。一切如梦，认真无从。一切现实，背后空虚。仔细分析，转增悲悯。"一切有生，于抵抗、适应、承受由战争而来的抽象具体压力时所见出种种圆景幻象，在有形政权解体以前，固必然如彼如此也。

由于战争太久，大家生活既艰苦又沉闷，国事且十分糟，使人对于现实政治更感到绝望，多少人神经都支持不住，失去了本来的柔韧，因之各以不同方式，谋得身心两面的新的平衡。从深处看，这一切本不足奇。但同是从深处看，"民主温室"之破碎冻结，一变而成为冰窖，自是意中事。这个温室固可望培养滋育某种健康抽象观念，使之经风雨，耐霜雪，但亦可能生成野蒿荨麻。而后者的特殊繁殖性，且将更容易于短时期普遍蔓延，使地面形成一个回复荒芜现象，也是意中事。乡下人便在这个复杂多方的现实中，领略现实，并于回复过程中，认识现实，简简单单过了九年日子。在这段时间中，对于能变更自己重造自己去适应时代，追求理想，终又因为当权者爪牙一击而毁去的朋友，我充满敬意。可是对于另外那些更多的同事，用完全沉默来承当战争所加给于本身的苦难，和工作所受挫折限制，有一时反而被年青人误解，亦若用沉默来否定这个现实的，实抱同样敬意。为的是他们的死，他们的不死，都有其庄严与沉痛。而生者的担负，以及其意义，影响于国家明日尤其重大。我明白，我记住，这对我也即是一种教育。

这是乡下人的第四段旅程，相当长，相当寂寞，相当苦辛。但却依然用那个初初北上向现实学第一课的朴素态度接受下来了。尤其是战事结束前二年，一种新式纵横之术，正为某某二三子所采用，在我物质精神生活同感困难时期，对我所加的诽谤袭击。另一方面，我的作品一部分，又受个愚而无知的检查制度所摧毁。几个最切身的亲友，且因为受不住长时期战争所加于生活的压力，在不同情形下陆续毁去。从普通人看来，我似乎就还是无抵抗，不作解救之方，且仿佛无动于衷。然而用沉默来接受这一切的过程中，至少家中有个人却明白，这对我自己，求所以不变更取予态度，用的是一种什么艰苦挣扎与战争！

这其间，世界地图变了。这个前后改变，凡是地下资源所在，人民集中，商业转口，军略必争处，以及广大无垠的海洋和天空，也无不有钢铁爆裂做成的死亡与流血。其继续存在的意义上，无不有了极大分别。即以中国而言，属于有形的局势和无形的人心，不是也都有了大大变更？即以乡下人本身而言，牙齿脱了，头发花了，至于个人信念，却似乎正好用这一切作为测验，说明它已仿佛顽固僵化，无可救药。我只能说，脱掉的因为不结实，听它脱掉。毁去的因为脆弱，也只好随之毁去。为追求现实而有所予，知适应现实而有所取，生活也许会好得多，至少那个因失业而发疯亲戚还可望得救。但是我的工作即将完全失去意义。一个人有一个人的限度，君子豹变既无可望，恐怕是近于凤命，要和这个集团争浑水摸鱼的现实脱节了。这也就是一种战争！即甘心情愿生活败北到一个不可收拾程度，焦头烂额，争取一个做人的简单原则，不取非其道，来否认现代简化人头脑的势力所作的挣扎。我得做人，得工作，二而一，不可分。我的工作在解释过去，说明当前，至于是否有助于未来，正和个人的迂腐顽固处，将一律交给历史结算去了。

国家既若正被一群富有童心的伟大玩火情形中，大烧小烧都在人意料中。历史上玩火者的结果，虽常常是烧死他人时也同时焚毁了自己，可是目前，凡有武力武器的恐都不会那么用古鉴今。可是烧到后来，很可能什么都会变成一堆灰，剩下些寡妇孤儿，以及……但是到那时，年青的一代，要生存，要发展，总还会有一天觉得要另外寻出一条路的！这条路就必然是从"争夺"以外接受一种教育，用爱与合作来重新解释"政治"二字的含义，在这种憧憬中，以及憧憬扩大努力中，一个国家的新生，进步与繁荣，也会慢慢来到人间的！在当前，在明日，我们若希望那些在发育长成中的头脑，在僵化硬化以前，还能对现实有点否定作用，而又勇于探寻能重铸抽象，文学似乎还能做点事，给他们以鼓励，以启示，以保证，他们似乎也才可望有一种希望和勇气，明日来在这个由于情绪凝结自相残毁所做成的尸骨瓦砾堆积物上，接受持久内战带来的贫乏和悲惨，重造一个比较合理的国家！

　　我回来了，回到离开了九年相熟已二十五年的北京大城中来了。一切不同，一切如旧。从某方面言，二十年前军阀政客议员官僚的种种，都若已成陈迹，已成过去。这种过去陈迹的叙述，对于一个二十岁左右的年青朋友，即已近于一种不可信的离奇神话，竟不像真有其人真有其事。但试从另一角度看看，则凡是历史上影响到人类那个贪得而无知的弱点，以及近三十年来现代政治，近八年的奴役统治共同培养成功的一切弱点，却又像终无从消失，只不过像是经过一种压缩作用，还保存得上好，稍有机会即必然会慢慢膨胀，恢复旧观。一不小心，这些无形无质有剧性毒的东西，且能于不知不觉间传染给神经不健全身心有缺陷抵抗力又特别脆弱的年青人。受传染的特征约有数种，其一即头脑简化而统一，永远如在催眠中，生活无目的无理想，年龄长大出洋留学读一万卷书后，还无从救济那个麻木呆钝。另外一种，头脑组织不同一点，又按照我那些老熟人活动方式，变成一个小华威先生，熟悉世故哲学，手提皮包，打磨得上下溜光，身份和灵魂都大同小异，对生命也还是无目的，无信心。……提到这个典型人时，如从一个写小说的因材使用观说来，本应当说这纵不十分可爱，也毫不什么可憎。复杂与简单，我都能欣赏，且将由欣赏而相熟共事。可是若从一个普通人观点想想，一个国家若有一部分机构，一部分人，正在制造这种一切场面上都可出现的朋友，我们会不会为这个国家感到点儿痛苦和危惧？

国家所遭遇的困难虽有多端，而追求现实、迷信现实、依赖现实所作的政治空气和倾向，却应该负较多责任，当前国家不祥的局势，亦即由此而形成，而延长，而扩大。谁都明知如此下去无以善后，却依然毫无真正转机可望，坐使国力作广泛消耗，作成民族自杀的悲剧。这种悲剧是不是还可望从一种观念重造设计中，做点补救工作？个人以为现实虽是强有力的巨无霸，不仅支配当前，还将形成未来。举凡人类由热忱理性相结合所产生的伟大业绩，一与之接触即可能瘫痪圮坍，成为一个无用堆积物。然而我们却还得承认，凝固现实，分解现实，否定现实，并可以重造现实，唯一希望将依然是那个无量无形的观念！由头脑出发，用人生的光和热蓄聚综合所作成的种种优美原则，用各种材料加以表现处理，彼此相黏合，相融汇，相传染，慢慢形成一种新的势能、新的秩序的憧憬来代替。知识分子若缺少这点信心，那我们这个国家，才当真可说是完了！

人人都说北平是中国的头脑，因为许多人能思索，且能将知识和理性有效注入于年青一代健康头脑中。学校次第复员，说明这头脑又将起始负起了检讨思索的责任。看看今年三万学生的投考，宜使人对于这头脑的如何运用，分外关心。

北平天空依然蓝得那么令人感动，阳光明朗空气又如此清新。间或从一个什么机关门外走过，看到那面青天白日满地红的国旗，总像是有点象征意味，不免令一些人内心感到点渺茫烦忧，又给另外一些人于此中怀有一些希冀。这些烦忧和希冀，反应到普通市民情绪中，或者顷刻间即消失无余，注入年青学生头脑里，很显然即会有作用。北平市目前有将近二万的大学生，情绪郁结比生活困苦还严重，似乎即尚无人想到，必须加以梳理。若缺少有效的安排，或听其漫无所归，实非国家民族之福，反而将悲剧延长。"学术自由"一名词，已重新在这个区域叫得很响，可见对于它国人寄托了多少希望。名词虽若相当空泛，原则的兑现，实应为容许与鼓励刚发育完成的头脑，吹入一点清新活泼自由独立的空气。使之对于自己当前和未来，多负点责任。能去掉依赖的自然习惯，受奴役麻醉的强迫习惯，对现实的腐朽气味和畸形状态，敢怀疑，敢否认，并仔细检讨现实，且批评凡用武力支持推销的一切抽象。若这种种在目前还近于一种禁忌，关涉牵连太多如何努力设法除去不必要的禁忌，应当是北平头脑可做的事，也是待发展的文学思想运动必需担当的事。

夜深人静，天宇澄碧，一片灿烂星光所作成的夜景，庄严美丽实无可形容。由常识我们知道每一星光的形成，其实都相去悬远，零落孤单，永不相及。然而这些星光虽各以不同方式而存在，又仍若各自为一不可知之意志力所束缚，所吸引，因而形成其万分复杂的宇宙壮观。人类景象亦未尝不如是。温习过去，观照当前，悬揣未来，乡下人当检察到个人生命中所保有的单纯热忱和朦胧信仰，二十五年使用到这个工作上，所作成的微末光芒时徘徊四顾，所能看到的，亦即似乎只是一片寥廓的虚无。不过面对此虚无时，实并不彷徨丧气，反而引起一种严肃的感印。想起人类热忱和慧思，在文化史上所作成的景象，各个星子煜煜灼灼，华彩耀目，与其生前生命如何从现实脱出，陷于隔绝与孤立，一种类似宗教徒的虔敬皈依之心，转油然而生。

我这个乡下人似乎得开始走第三站路了。昔人说，"德不孤，必有邻"。证明过去，推想未来，这种沉默持久的跋涉，即永远无个终点，也必然永远会有人同时或异代继续走！

去再走个十年八年,也许就得放下笔长远休息了。"大块劳我以生,息我以死。"玩味蒙庄之言,使人反而增加从容。二十年来的学习,担当了一个"多产作家"的名分,名分中不免包含了些嘲讽意味,若以之与活动分子的相反成就比,实更见出这个名分的不祥。但试想想,如果中国近二十年多有三五十个老老实实的作家,能忘却普遍成败得失,肯分担这个称呼,即或对于目下这乱糟糟的社会,既无从去积极参加改造,也无望消极去参加调停,唯对于文学运动理想之一,各自留下点东西,作为后来者参考,或者比当前这个部门的成就,即丰富多了。二十五年前和我这个亲戚的对话,还在我生命中,信仰中。二十五年前我来这个大城中想读点书,结果用文字写成的好书,我读得并不多,所阅览的依旧是那本用人事写成的大书。现在又派到我来教书了。说真话,若书本只限于用文字写成的一种,我的职业实近于对尊严学术的嘲讽。因国家人材即再缺少,也不宜于让一个不学之人,用文字以外写成的书来胡说八道。然而到这里来我倒并不为亵渎学术而难受。因为第一次送我到学校去的,就是北大主持者胡适之先生。一九二九年,他在中国公学做校长时,就给了我这种机会。这个大胆的尝试,也可说是适之先生尝试的第二集,因为不特影响到我此后的工作，更重要的还是影响我对工作的态度，以及这个态度推广到国内相熟或陌生师友同道方面去时，慢慢所引起的作用。这个作用便是"自由主义"在文学运动中的健康发展，及其成就。这一点如还必需扩大，值得扩大，让我来北大做个小事，必有其意义，个人得失实不足道，更新的尝试，还会从这个方式上有个好的未来。

唯在回到这里来一个月后，于陌生熟识朋友学生的拜访招邀上，以及那个充满善意、略有幽默的种种访问记的刊载中，却感到一种深深的恐惧。北平号称中国的头脑，这头脑之可贵，应当包含各部门专家丰富深刻知识的堆积。以一个大学言来，值得我们尊敬的，有习地质的，学生物的，治经济政治的，弄教育法律的，即文史部门也还有各种学识都极重要。至于习文学，不过是学校中一个小小部门，太重视与忽视都不大合理。与文学有关的作家，近二十年来虽具有教育兼娱乐多数读者的义务，也即已经享受了些抽象的权利，即多数的敬爱与信托。若比之于学人，又仿佛显得特别重要。这实在是社会一种错觉。这种错觉乃由于对当前政治的绝望，并非对学术的真正认识关心。因为在目前局势中，在政治高于一切的情况中，凡用武力推销主义寄食于上层统治的人物，都说是为人民，

—47

事实上在朝在野却都毫无对人民的爱和同情。在企图化干戈为玉帛调停声中，凡为此而奔走的各党各派，也都说是代表群众，仔细分析，却除了知道他们目前在奔走，将来可能做部长、国府委员，有几个人在近三十年，真正为群众做了些什么事。当在人民印象中。又曾经用他的工作，在社会上有以自见？在习惯上，在事实上，真正丰富了人民的情感，提高了人民的觉醒，就还是国内几个有思想，有热情，有成就的作家。

在对现实濒于绝望情形中，作家因之也就特别取得群众真实的敬爱与信托。然而一个作家若对于国家存在与发展有个认识，却必然会觉得工作即有影响，个人实不值得受群众特别重视。且需要努力使多数希望，转移到那个多数在课堂，在实验室，在工作场，在一切方面，仿佛沉默无闻，从各种挫折困难中用一个素朴态度守住自己，努力探寻学习的专家学人，为国家民族求生存求发展所作的工作之巨大而永久。一个作家之所以可贵，也即是和这些人取同一沉默谦逊态度，从事工作，能将这个忠于求知敬重知识的观念特别阐扬。这是我在学校里从书本以外所学得的东西，也是待发展的一种文学理论。

我希望用这个结论，和一切为信仰为理想而执笔的朋友互学互勉。从这结论上,也就可以看出一个乡下人如何从现实学习,而终于仿佛与现实脱节,更深一层的意义和原因!

短篇小说

说到这个问题以前,我想在题目下加上一个子题,比较明白。

"一个短篇小说的作者,谈谈短篇小说的写作,和近二十年来中国短篇小说的发展。"

因为许多人印象里意识里的短篇小说,和我写到的说起的,可能是两样不同的东西,所以我还要老老实实声明一下:这个讨论只能说是个人对于小说一点印象,一点感想,一点意见,不仅和习惯中的学术庄严标准不相称,恐怕也和前不久确定的学术一般标准不相称。世界上专家或权威,在另外一时对于短篇小说规定的"定义""原则""作法",和文学批评家所提出的主张说明,到此都暂时失去了意义。

什么是我所谓的"短篇小说"?要我立个界说,最好的界说,应当是我作品所表现的种种。若需要归纳下来简单一点,我倒还得想想,另外一时给这个题目作的说明,现在是不是还可应用。三年前我在师范学院国文会讨论会上,谈起"小说作者和读者"时,把小说看成"用文字很恰当记录下来的人事"。因为既然是人事,就容许包含了两个部分:一是社会现象,是说人与人相互之间的种种关系;一是梦的现象,便是说人的心或意识的单独种种活动。单是第一部分容易成为日常报纸记事,单是第二部分又容易成为诗歌。必须把人事和梦两种成分相混合,用语言文字来好好装饰剪裁,处理得极其恰当,才可望成为一个小说。

我并不觉得小说必须很"美丽",因为美丽是在文字辞藻以外可以求得的东西。我也不觉得小说需要很"经济",因为即或是个短篇,文字经济依然并不是这个作品成功的唯一条件。我只说要很"恰当",这恰当意义,在使用文字上,就容许不怕数量的浪费,也不必对于辞藻过分吝啬。故事内容呢,无所谓"真",亦无所谓"伪"(更无深刻平凡区别),要的只是那个"恰当"。文字要恰当，描写要恰当，全篇分配更要恰当。作品的成功条件，就完全从这种"恰当"产生。

我们得承认，一个好的文学作品，照例会使人觉得在真美感觉以外，还有一种引人"向善"的力量。我说的"向善"，这个词的意思，并不属于社会道德一方面"做好人"的理想，我指的是这个：读者从作品中接触了另外一种人生，从这种人生景象中有所启示，对"人生"或"生命"能作更深一层的理解。普通做好人的乡愿道德，社会虽异常需要，有许多简便方法工具可以利用，"上帝"或"鬼神"，"青年会"或"新生活"，或对付他们的心，或对付他们的行为，都可望从那个"多数"方面产生效果。不必要文学来做。至于小说可做的事，却远比这个重大，也远比这个困难。如像生命的明悟，使一个人消极的从肉体爱憎取予，理解人的神性和魔性，如何相互为缘，并明白生命各种形式，扩大到个人生活经验以外，为任何书籍所无从企及。或积极地提示人，一个人不仅仅能平安生存即已足，尚必须在他的生存愿望中，有些超越普通动物的打算，比饱食暖衣保全首领以终老更多一点的贪心或幻想，方能把生命引导到一个崇高理想上去。这种激发生命离开一个动物人生观，向抽象发展与追求的兴趣或意志，恰恰是人类一切进步的象征。这工作自然也就是人类最艰难伟大的工作。推动或执行这个工作，文学作品实在比较别的东西更其相宜。若说得夸大一点，到近代，别的工具都已办不了时，唯有"小说"还能担当这种艰巨。原因简单而明白：小说既以人事为经纬，举凡机智的说教，梦幻的抒情，一切有关人类向上的抽象原则学说，无一不可以把它综合组织到一个故事发展中。印刷术的进步，交通工具的进步，既得到分布的便利，更便利的还是近千年来读者传统的习惯，即多数认识文字的人，从一个故事取得娱乐与教育的习惯，在中国还好好存在。加之用文学作品来耗费他个人剩余生命，取得人生教育，从近三十年来年青学生方面说，在社会心理上即贤于博弈。所以在过去，《三国志》或《红楼梦》所有的成就，显然不是用别的工具可以如此简便完成的。

在当前，几个优秀作家在国民心理影响上，也不是什么做官的专家部长委员可办到的。在将来，一个文学作者若具有一种崇高人生理想，这理想希望它在读者生命中保有一种势力，将依然是件极其容易事情。用"小说"来代替"经典"，这种大胆看法，目前虽好像有点荒唐，却近于将来的事实。

这是我三年前对于小说的解释，说的虽只是"小说"，把它放在"短篇小说"上，似乎还说得通。这种看法也许你们会觉得可笑，是不是？不过真正可笑的还在后面，因为我个人还要从这个观点上来写三十年！三十年在中国历史上，算不得一个数目，但在个人生命中，也就够瞧了。这种生命的投资，普通聪明人是不干的！

有人觉得好笑以外也许还要有点奇怪，即从我说这问题一点钟两点钟得来的印象，和你们事先所猜想到的，读十年书听十年讲记忆中所保留的，很可能都不大相合。说说完了，于是散会。散会以后，有的人还当作笑话，继续谈论下去，有的人又匆匆忙忙地跑出大南门，预备去看九点场电影，有的人说不定回到宿舍，还要骂骂"狗屁狗屁，岂有此理"。这样或那样，总而言之，是不可免的。过了三点钟后，这个问题所能引起的一点小小纷乱也差不多就完事了。这也就正和我所要说的题目相合，与一个"短篇小说"在读者生命中所占有的地位相合，讲的或写的，好些情形都差不多。这并不是人生的全部，只那么一点儿，所要处理的，说他是作者人生的经验也好，是人生的感想也好，再不然，就说他是人生的梦也好。总之，作者所能保留到作品中的并不多，或者是一闪光，一个微笑，以及一瞥即成过去的小小悲剧，又或是一个人濒临生死边缘作的短期挣扎。不管它是什么，都必然受种种限制，受题材、文字以及读者听者那个"不同的心"所限制。所以看过或听过后，自然同样不久完事。不完事的或者是从这个问题的说明、表现方式上，见出作者一点语言文字的风格和性格，以及处理题材那点匠心独运的巧思，作品中所蕴蓄的人生感慨与人类爱。如果是讲演，连续到八次以上，从各个观点去说明的结果，或者能建设出一个明明朗朗的人生态度。如果是作品，一本书也不会给读者相同印象。至于听一回，看一篇，使对面的即能有会于心，保留一种深刻印象，对少数人言，即或办得到，对多数人言，是无可希望的！

新文学中的短篇小说，系随同二十二年前那个五四运动发展而来。文学运动本在五四运动以前，民六左右，即由陈独秀、胡适之诸先生提出来，却因五四运动得到"工具重造工具重用"的机会。当时谈思想解放和社会改造，最先得到解放是文字，即语体文的自由运用。思想解放社会改造问题，一般讨论还受相当限制时，在文学作品试验上，就得到了最大的自由，从试验中日有进步，且得到一个"多数"（学生）的拥护与承认。虽另外还有个"多数"（旧文人与顽固汉）在冷嘲恶咒，它依然在幼稚中发育成长，不到六七年，大势所趋，新的中国文学史,就只有白话文学作品可记载了。谈到这点过去时,其实应当分开来说说,因为各部门作品的发展经过和它的命运,是不大相同的。

新诗革命当时最与传统相反,情形最热闹,最引起社会注意(作者极兴奋,批评者亦极兴奋),同时又最成为问题,即大部分作品是否算得是"诗"的问题。

戏剧在那里讨论社会问题,处理思想问题,因之有"问题"而无"艺术",初期作者成绩也就只是热闹,作品并不多,且不怎么好。

小说发展得平平常常,规规矩矩,不如诗那么因自由而受反对,又不如戏那么因庄严而抱期望,可是在极短期间中却已经得到读者认可继续下去。先从学生方面取得读者,随即从社会方面取得更多的读者,因此奠定了新文学基础,并奠定了新出版业的基矗若就近二十年来过去作个总结算,看看这二十年的发展,作者多,读者多,影响大,成就好,实应当推短篇小说。这原因加以分析,就可知道一是起始即发展得比较正常,作品又得到个自由竞争机会,新陈代谢作用大些,前仆后继,人才辈出,从作品中沙中拣金,沙子多金屑也就不少。其次即是有个读者传统习惯,来接受作品,同时还刺激鼓励优秀作品产生。

若讨论到"短篇小说"的前途时，我们会觉得它似乎是无什么"出路"的。他的光荣差不多已经变成为"过去"了。

它将不如长篇小说，不如戏剧，甚至于不如杂文热闹。长篇小说从作品中铸造人物，铺叙故事又无限制，近二十年来社会的变，近五年来世界的变，影响到一人或一群人的事，无一不可以组织到故事中。一个长篇如安排得法，即可得到历史的意义，历史的价值，它且更容易从旧小说读者中吸收那个多数读者，它的成功伟大性是极显明的。戏剧娱乐性多，容易成为大时代中都会的点缀物，能繁荣商业市面，也能繁荣政治市面，所以不仅好作品容易露面，即本身十分浅薄的作品，有时说不定在官定价值和市定价值两方面，都被抬得高高的。就中唯有短篇小说，费力而不容易讨好，将不免和目前我们这个学校中的"国文系"情形相同，在习惯上还存在，事实上却好像对社会不大有什么用处，无出路是命定了的。

不过我想在大家都忘不了"出路"，多数人都被"出路"弄昏了头的时候，来在"国文学会"的讨论会上，给"短篇小说"重新算个命，推测推测它未来可能是个什么情形。有出路未必是好东西，这个我们从跑银行的大学生，有销路的杂志，和得奖的作品即可见到一二。那么，无出路的短篇小说，还会不会有好作者和好作品？从这部门作品中，我们还能不能保留一点希望，认为它对中国新文学前途，尚有贡献？

要我答复我将说"有办法的"。它的转机即因为是"无出路"。

从事于此道的，既难成名，又难牟利，且决不能用它去讨个小官儿做做。社会一般事业都容许侥幸投机，作伪取巧，用极小气力收最大效果，唯有"短篇小说"可是个实实在在的工作，玩花样不来，擅长"政术"的分子决不会来摸它。"天才"不是不敢过问，就是装作不屑于过问。即以从事写作的同道来说，把写短篇小说作终生事业，都明白它不大经济。这一来倒好了。短篇小说的写作，虽表面上与一般文学作品情形相差不多，作者的兴趣或信仰，却已和别的作者不相同了。

支持一个作者的信心，除初期写作，可望从"读者爱好"增加他一点愉快，从事此道十年八年后，尚能继续下去的，作者那个"创造的心"，就必得从另外找个根据。很可能从外面刺激凌轹，转成为自内而发的趋势。作者产生作品那点"动力"，和对于作品的态度，都慢慢地会从普通"成功"，转为自我完成，从"附会政策"，转为"说明人生"。这个转变也可说是环境逼成的,然而,正是进步所必需的。由于作者写作的态度心境不同,似乎就与抄抄撮撮的杂感离远,与装模作样的战士离远,与逢人握手每天开会的官僚离远,渐渐地却与那个"艺术"接近了。

照近二十年来的文坛风气,一个作家一和"艺术"接近,也许因此一来,他就应当叫作"落伍"了,叫作"反动"了,他的作品并且就要被什么"检查"了、"批评"了,他的主张意见就要被"围剿"了、"扬弃"了。但我们可不必为这事情担心。这一切不过是一堆"词"而已,词是照例摇撼不倒作品的。作品虽用纸张印成,有些国家在作品上浇了些煤油,放火去烧它,还无结果!二三子玩玩字词,用作自得其乐的消遣,未尝无意义。若想用它作符咒,来消灭优秀作品,其无结果是用不着龟筮卜算的。"落伍"是被证明已经"老朽","反动"又是被裁判得受点处分,使用的意义虽都相当厉害,有时竟好像还和"侦探告密""坐牢杀头"这类事情牵连在一处。但文人用来加到文人头上时,除了满足一种卑鄙的陷害本能,是并无何等意义,不用担心吓怕的。因为这种词用惯后,用多后,明眼人都知道这对于一个诚实的作家,是不会有何作用的。文学还是文学,作品公正的审判人是"时间"(从每个人生命中流过的时间），作品在读者与时间中受试验，好的存在，且可能长久存在，坏的消灭，即一时间偶然侥幸，迟早间终必消灭。一个作者真正可怕的事，是无作品而充作家，或写点非驴非马作品应景凑趣，门面总算支持了，却受不了那个试验，在试验中即黯然无光。

日月流转，即用过去二十年事实作个例，试回头看看这段短短路上的陈迹，也可长人不少见识。当时文坛逐鹿，恰如运动场上赛跑，上千种不同的人物，穿着各式各样的花背心和运动鞋，用各自习惯的姿势，从跑道一端起始，飞奔而前。就中有仅仅跑完一个圈子，即已力不从心，摇摇头退下场了的。有跑到三五个圈子，个人独在前面，即以为大功告成而不再干的。有一面跑一面还打量到做点别的节省气力事情，因此装作摔了一跤，脚一跛一跛向公务员丛中消失了的。

也有得到亲戚、朋友、老板、爱人在旁拍巴掌叫好，自己却实在无出息，一阵子也败溃下来的。大致的说来，跑到三五年后，剩下的人数已不甚多。虽随时都有新补充分子上场，跑到十年后，剩下的可望到达终点的人就不过十来位了。设若这个竞赛是无终点的，每个人的终点即是死，工作的需要是发自于内的一点做人气概，以及支持三五十年的韧性，跑到后来很可能观众都不声不响，不拍掌也不叫好，多数作家难以为继，原是极其自然的。所以每三五年照例都有几个雄起起的人物，写了些得商人出力、读者花钱、同道捧场、官家道贺的作品，结果只在短短"时间"陶冶中，作品即已若存若亡，本人且有改业经商，发了三五万横财，讨个如夫人在家纳福的。或改业从政，做个小小公务员，写点子虚乌有报告的。或傍个小官，代笔做做秘书，安分乐生混日子下去的。

这些人倒真是得到了很好的出路！逝者如斯，不舍昼夜，历史虽短，也就够令人深思！

"得到多数"虽已成为一种社会习惯，在文学发展中，倒也许正要借重"时间"，把那个平庸无用的多数作家淘汰掉，让那个真有作为诚敬从事的少数，在极困难挫折中受试验，慢慢地有所表现，反而可望见出一点成绩。（三五个有好作品的作家，事实上比三五百挂名作家更为明日社会所需要，原是显然明白的。）对这个少数作家而言，我觉得他们的工作，正不妨从"文学"方面拉开，安放到"艺术"里去，因为它的写作心理状态，即容易与流行文学观日见背驰，已渐渐和过去中国一般艺术家相近。他不是为"出路"而写作，这个意见是我十三年前提起过的，我以为值得旧事重提，和大家讨论讨论。

记得是民国十七年秋天，徐志摩先生要我去一个私立大学讲"现代中国小说"，上堂时，但见百十个人头在下面转动，我知道许多"脑子"也一定在同样转动。我心想：和这些来看我讲演的人，我说些什么较好？所以就在黑板上写了一行字："请你们让我休息十分钟吧。"我意思倒是咱们大家看看，比比谁看得深。我当然就在那里休息，实在说就是给大家欣赏我那个乱蓬蓬的头，那种狼狈神气。到末后，我开口了，一说就是两点钟。下课钟响后，走到长廊子上时，听到前面两个人说："他究竟说些什么？"这种讲演从一般习惯看来，自然是失败了。那次"看"的人可能比"听"的人多，看的人或许还保留一个印象，听的人大致都早已忘掉了。忘不掉的只有我自己，因为算是用"人"教育"我"，真正上了一课。

这一课使我明白文字和语言、视和听给人的印象，情形大不相同。我写的小说，正因为与一般作品不大相同，人读它时觉得还新鲜，也似乎还能领会所要表现的思想内容。至于听到我说起小说写作，却又因为解释的与一般说法不同，与流行见解不合，弄得大家莫名其妙了。这对于我个人，真是一种离奇的教育。它刺激我在近十年中，继续用各种方式去试验，写了一些作品和读者对面。我写到的一堆故事，或者即已说明我对这个问题的意见和态度，若不曾从我作品中看出一点什么，这种单独的讲演，是只会作成你们的复述那个"他究竟是说什么"印象的。

其实当时说的并不稀奇古怪，不过太诚实一点罢了。"诚实"二字虽常常被文学作家和理论家提出，可是大多数人照例都怕和诚实对面。因为它似乎是个乡巴佬使用的名词，附于这个名词下的是：坦白，责任，超越功利而忠贞不易，超越得失而有所为有所不为。把这名词带到都市上来，对"玩"文学的人实在是毫无用处的。其实正是文学从商业转入政治，"艺术"或"技巧"都在被嘲笑中地位缩成一个零。以能体会时代风气写平庸作品自夸的，就大有其人。这些人或仿佛十分前进，或俨然异常忠实，用阿谀"群众"或阿谀"老板"方式，认为即可得到伟大成就。另外又有一部分作家，又认幽默为人生第一，超脱潇洒地用个玩票白相态度来有所写作，谐趣气氛的无节制，人生在作者笔下，即普遍成为漫画化。"浅显明白"的原则支配了作者心和手，其所以能够如此，即因为这个原则正可当作作品草率马虎的文饰。风气所趋，作者不甘落伍的，便各在一种预定的公式上写他的传奇，产生并完成他"有思想"的作品。或用一个滑稽讽笑的态度，来写他的无风格、无性格、平庸乏味的打哈哈作品。如此或如彼，目标所在是"得到多数"。用的是什么方法，所得到的又是什么，都不在意。

关于这一点，当时我就觉得，这是不成的。社会的混乱，如果一部分属于一般抽象原则价值的崩溃，作者还有点自尊心和自信心，应当在作品中将一个新的原则重建起来。应当承认作品完美即为一种秩序。一切社会的预言者，本身必须坚实而壮健，才能够将预言传递给人。作者不能只看今天明天，还得有个瞻望远景的习惯，五十年一百年，世界上还有群众！新的文学要它有新意，且容许包含一个人生向上的信仰，或对国家未来的憧憬，必需得从另外一种心理状态来看文学，写作品，即超越商业习惯上的"成功"，完全如一个老式艺术家制作一件艺术品的虔敬倾心来处理，来安排。最高的快乐从工作本身即可得到，不待我求。这种文学观自然与当时"潮流"不大相合，所以对我本来怀有好感的，以为我莫名其妙，对我素无好感的，就说这叫作"落伍""反动"。不过若注意到这是从左右两方面来的诅咒，就只能令人苦笑了。

我是个乡下人，乡下人的特点照例"相当顽固"，所以虽被派"落伍"了十三年，将来说不定还要被文坛除名，还依然认为一个作者不将作品与"商业""政策"混在一处,他脑子会清明一些。他不懂商业或政治,且极可能把作品也写得像样些。他若是一个短篇小说作者,肯从中国传统艺术品取得一点知识,必将增加他个人生命的深度,增加他作品的深度。一句话,这点教育不会使他堕落的!如果他会从传统接受教育,得到启迪或暗示,有助于他的作品完整、深刻与美丽,并增加作品传递效果和永久性,都是极自然的。

我说的传统,意思并不是指从史传以来,涉及人事人性的叙述,两千多年来早有若干作品可以模仿取法。那么承受传统毫无意义可言。主要的是有个传统艺术空气,以及产生这种种艺术品的心理习惯,在这种艺术空气心理习惯中,过去中国人如何用一切不同的材料,不同的方法,来处理人的梦,而且又在同一材料上,用各样不同方法,来处理这个人此一时或彼一时的梦。艺术品的形成,都从支配材料着手,艺术制作的传统,即一面承认材料的本性,一面就材料性质注入他个人的想象和感情。虽加人工,原则上却又始终能保留那个物性天然的素朴。明白这个传统特点,我们就会明白中国文学可告给作家的,并不算多,中国一般艺术品告给我们的,实在太多太多了。

试从两种艺术品的制作心理状态，来看看它与现代短篇小说的相通处，也是件极有意义的事情。一由绘画涂抹发展而成的文字，一由石器刮削发展而成的雕刻，不问它是文人艺术或应用艺术，艺术品之真正价值，差不多全在于那个作品的风格和性格的独创上。从材料方面言，天然限制永远存在，从形式方面言，又有个社会习惯限制。然而一个优秀作家，却能够于限制中运用"巧思"，见出"风格"和"性格"。

说夸张一点，即是作者的人格，作者在任何情形下，都永远具有上帝造物的大胆与自由，却又极端小心，从不滥用那点大胆与自由超过需要。作者在小小作品中，也一例注入崇高的理想，浓厚的感情，安排得恰到好处时，即一块顽石，一把线，一片淡墨，一些竹头木屑的拼合，也见出生命洋溢。这点创造的心，就正是民族品德优美伟大的另一面。在过去，曾经产生过无数精美的绘画，形制完整的铜器或玉器，美丽温雅的瓷器，以及形色质料无不超卓的漆器。在当前或未来，若能用它到短篇小说写作上，用得其法，自然会有些珠玉作品，留到这个人间。这些作品的存在，虽若无补于当前，恰恰如杜甫、曹雪芹在他们那个时代一样，作者或传说饿死，或传说穷死，都缘于工作与当时价值标准不合。然而百年后或千载后的读者，反而唯有从这种作品中，取得一点生命力量，或发现一点智慧之光。

　　制砚石的高手，选材固在所用心，然而在一片石头上，如何略加琢磨，或就材质中小小毛病处，因材使用做一个小小虫蚀，一个小池，增加它的装饰性，一切都全看作者的设计，从设计上见出优秀与拙劣。一个精美砚石和一个优秀短篇小说，制作的心理状态（即如何去运用那点创造的心），情形应当约略相同。不同的为材料，一是石头，顽固而坚硬的石头，一是人生，复杂万状充满可塑性的人生。可是不拘是石头还是人生，若缺少那点创造者的"匠心独运"，是不会成为特出艺术品的。关于这件事，《红楼梦》作者曹雪芹，比我们似乎早明白了两百年。他不仅把石头比人，还用雕刻家的手法，来表现大观园中每一个人物，从语言行为中见身份性情，使两世纪后读者，还仿佛可看到这些纸上的人，全是些有血有肉有哀乐爱憎感觉的生物。（谈历史的多称道乾隆时代，其实那个辉辉煌煌的时代，除了遗留下一部《红楼梦》可作象征，别的作品早完了！）再从宋元以来中国人所作小幅绘画上注意。我们也可就那些优美作品设计中，见出短篇小说所不可少的慧心和匠心。

这些绘画无论是以人事为题材，以花草鸟兽云树水石为题材，"似真""逼真"都不是艺术品最高的成就，重要处全在"设计"。什么地方着墨，什么地方敷粉施彩，什么地方竟留下一大片空白，不加过问。有些作品尤其重要处，便是那些空白处不着笔墨处，因比例上具有无言之美，产生无言之教。

短篇小说的作者，能从一般艺术鉴赏中，涵养那个创造的心，在小小篇章中表现人性，表现生命的形式，有助于作品的完美，是无可疑的。

短篇小说的写作，从过去传统有所学习，从文字学文字，个人以为应当把诗放在第一位，小说放在末一位。一切艺术都容许作者注入一种诗的抒情，短篇小说也不例外。由于对诗的认识，将使一个小说作者对于文字性能具特殊敏感，因之产生选择语言文字的耐心。对于人性的智愚贤否、义利取舍形式之不同，也必同样具有特殊敏感，因之能从一般平凡哀乐得失景象上，触着所谓"人生"。尤其是诗人那点人生感慨，如果成为一个作者写作的动力时，作品的深刻性就必然因之而增加。至于从小说学小说，所得是不会很多的。

或者会有人说，照你个人先前所说，从十八年文学即已被政治看中，一切空洞理想，恐都不免为一个可悲可怕事实战败。即十多年来那个"习惯",以及在习惯中所形成的偏见,必永远成为进步的绊脚石。原因是作家如不能再成为"政策"的工具,即可能成为"政客"的敌人。一种政治主张或政客意见,不能制御作家,有一天政治家的做作庄严,便必然受作品摧毁。因之从官僚政客观点来说,文学放到政治部或宣传部,受培养并受检查,实在是个最好最合理地方,限制或奖励,异途同归,都归于三等政客和小官僚来控制运用第一流作家打算上。其实这么办,结果是不会成功的,不过增加几个不三不四的作家,多一些捧场凑趣装模作样的机会,在一般莫名其妙的读者中,推销几百本平庸作品罢了,对于这方面的明日发展,政治是无从"促成"也无从"限制"的。

然而对面既是十多年来养成的一种根深蒂固的习惯,使一般作家的自尊心和自信心,都极其容易消失。空洞的乐观,当然还不够。明日的转机,也许就得来看看那个"少数"如何"战争"了。若想到一切战争都不免有牺牲,有困难,必须要有无限的勇气和精力支持,方能战胜克服。从小以见大,使我们对于过去、当前,各在别一处诚实努力,又有相当成就的几个作者,不论他是什么党派,实在都值得特别尊敬。因为这也是异途同归,归于"用作品和读者对面"。新文学运动,若能做到用作品直接和读者对面,这方面可做的事,即从娱乐方式上来教育铸造一个新的人格,如何向博大、深厚、高尚、优美方面去发展。且启发这个民族的感情,如何在忧患中能永远不灰心,不丧气,增加抵抗忧患的韧性,以及翻身的信心,就实在太多了。

一九四一年五月二日在西南联大国文学会讲

二十年代的中国新文学

——一九八〇年十一月七日在美国哥伦比亚大学的讲演

各位先生，各位朋友，多谢大家好意，让我今生有机会来到贵校谈谈半个世纪以前，我比较熟悉的事情和个人在这一段时间中（工作、生活、学习）的情况。在并世作家中，已有过不少的叙述，就是提及我初期工作情形的也有些不同的叙述。近年来香港刊物中发表的，也多充满了好意。据我见到得来的印象，有些或从三十年代上海流行的小报上文坛消息照抄而成，有些又从时代较晚的友好传述中得来，极少具体明白当时社会环境的背景。所以即或出于一番好意，由我看来，大都不够真实可信，以至于把握不住重点，只可供谈天用，若作为研究根据，是不大适当的。特别是把我学习写作的成就说得过高，更增我深深的惭愧。因此我想自己来提供一点回忆材料，从初到北京开始。正如我在四十年前写的一本自传中说的，"把广大社会当成一本大书看待"，如何进行一种新的学习教育情形，我希望尽可能压缩分成三个部分来谈谈：

一是初来时住前门外"酉西会馆"那几个月时期的学习。

二是迁到北大沙滩红楼附近一座小公寓住了几年，在那小环境中的种种。

三是当时大环境的变化，如何影响到我的工作，和对于工作的认识及理解。

这三点都是互相联系，无法分开的。

我是在一九二二年夏天到达北京的。照当时习惯，初来北京升学或找出路，一般多暂住在会馆中，凡事有个照料。我住的酉西会馆由清代上湘西人出钱建立，为便利入京应考进士举人或候补知县而准备的，照例附近还有些不动产业可收取一定租金作为修补费用。大小会馆约二十个房间，除了经常住些上湘西十三县在京任职低级公务员之外，总有一半空着，供初来考学校的同乡居住。我因和会馆管事有点远房表亲关系，所以不必费事，即迁入住下。乍一看本是件小事，对我说来，可就不小,因为不必花租金。出门向西走十五分钟,就可到达中国古代文化集中地之一——在世界上十分著名的琉璃厂。那里除了两条十字形街,两旁有几十家大小古董店,小胡同里还有更多不标店名、分门别类包罗万象的古董店,完全是一个中国文化博物馆的模样。我当时虽还无资格走进任何一个店铺里去观光,但经过铺户大门前,看到那些当时不上价的唐、宋、元、明破瓷器和插在铺门口木架瓷缸的宋元明清"黑片"画轴,也就够使我忘却一切,神往倾心而至于流连忘返了。向东走约二十分钟,即可到前门大街,当时北京的繁华闹市,一切还保留明清六百年市容规模。各个铺子门前柜台大都各具特征,金碧辉煌,斑驳陆离,令人炫目。临街各种饮食摊子,为了兜揽生意、招引主顾,金、石、竹、木的各种响器敲打得十分热闹,各种不同叫卖声,更形成一种大合唱,使得我这个来自六千里外小小山城的"乡下佬",觉得无一处不深感兴趣。且由住处到大街,共有三条不同直路,即廊房头、二、三条。头条当时恰是珠宝冠服以及为明清两朝中上层阶级服务而准备的多种大小店铺。扇子铺门前罗列着展开三尺的大扇面,上绘各种彩绘人物故事画,内中各种材料做成的新旧成品,团扇、纨扇、折子扇更罗列万千,供人选用。廊房二条则出售珠玉、象牙、犀角首饰佩件，店面虽较小，作价成交，却还动以千元进出。还到处可以看到小小作坊，有白发如银琢玉器工人，正在运用二千年前的简单圆轮车床做玉器加工，终使它成为光彩耀目的珠翠成品。这一切，都深深吸引住我，使得我流连忘返。

当时走过前门大街进入东骡马市大街，则又俨然换了另一世界，另一天地。许多店铺门前，还悬挂着"某某镖局"三尺来长旧金字招牌，把人引入《七侠五义》故事中。我的哥哥万里寻亲到热河赤峰一带走了半年，就是利用这种镖局的保险凭证，坐骡车从古北口出关的！我并且还亲眼见到用两只骆驼抬一棚轿参差而行，准备上路远行。我还相信上面坐的不是当年的能仁寺的十三妹就可能是当时小报正在刊载、引人注目的北京大盗燕子李三！总之，这种种加起来，说它像是一个明清两代六百年的人文博物馆，也不算过分！至于向南直到天桥，那就更加令人眼花缭乱。到处地摊上都是旧官纱和过了时的缎匹材料，用比洋布稍贵的价钱叫卖。另一处又还拿成堆的各种旧皮货叫卖。内中还到处可发现外来洋货，羽纱、倭绒、哔叽、咔喇，过了时的衣裙。总之，处处都在说明延续三百年的清王朝的覆灭，虽只有十多年，黏附这个王朝而产生的一切，全部已报废，失去了意义。一些挂货店内代表王族威严的三眼花翎和象征达官贵族地位的五七叶白芝麻鹡翎羽扇，过去必须二百两官银才到手的，当时有个三五元就可随时成交。

　　但是进出这些挂货铺，除了一些外国洋老太太，一般人民是全不感兴趣的。此外还有夜市晓市，和排日轮流举行的庙会，更可增长我的见闻。总的印象是北京在变化中，正把附属于近八百年建都积累的一切，在加速处理过程中。我在这个离奇环境里，过了约半年才迁到北京大学附近沙滩，那时会馆中人家多已升了小小煤炉。开始半年，在一种无望无助孤独寂寞里，有一顿无一顿地混过了。但总的说来，这一段日子并不白费，甚至于可说对我以后十分得益。而且对于我近三十年的工作，打下了十分良好的基础。可以说是在社会大学文物历史系预备班毕了业。但是由于学习方法和一般人不相同，所以帮助我迁移到北大红楼附近去住的表弟黄村生，还认为我迁近北大，可多接近些五四文化空气，性情会更开朗些。表弟年龄虽比我小两岁多，可是已是农业大学二年级学生，各方面都比我成熟得多。有了他，我后来在农大经常成为不速之客，一住下就是十天半月，并因此和他同宿舍十二个湖南同学都成了朋友。正如在燕大方面，同董秋斯相熟后，在那里也结识了十多个朋友，对我后来工作，都起过一些好影响。

我是受"五四"运动的余波影响,来到北京追求"知识"实证"个人理想"的。事实上,我的目标并不明确,理想倒是首先必须挣扎离开那个可怕环境。因为从辛亥前夕开始,在我生长的小小山城里,看到的就总是杀人。照清代法律,一般杀人叫"秋决",犯死刑必由北京决定,用日行三百里的快驿"鸡毛文书",急送请兵备道备案处理。行刑日,且必在道尹衙门前放三大炮。如由知事监护,且必在行刑后急促返回城隍庙,执行一场戏剧性的手续,由预伏在案下的刽子手,爬出自首,并说明原因。知事一拍惊堂木,大骂一声"乡愚无知",并喝令差吏形式上一五一十打了一百板,发下了一两碎银赏号,才打道回衙,缴令完事。但是我那地方是五溪蛮老巢,苗民造反的根据地,县知事也被赋予杀人特权,随时可用站笼吊死犯小罪苗民。我从小就看到这种残暴虐杀无数次。而且印象深刻,永世忘不了。加上辛亥前夕那一次大屠杀,和后来在军队中的所见,使我深深感觉到谁也无权杀人。尽管我在当时情况下,从别人看来工作是"大有前途",可是从我自己分析,当时在一个军部中,上面的"长字"号人物,就约有四十三个不同等级长官压在我头上。我首先必须挣脱这种有形的"长"和无形的压力,取得完全自由,才能好好处理我的生命。所以从家中出走。有了自由才能说其他。到北京虽为的是求学，可是一到不久，就不作升学考虑。因为不久就听人说，当时清华是最有前途的学校，入学读两年"留学预备班"，即可依例到美国。至于入学办法，某一时并未公开招考，一切全靠熟人。有人只凭一封介绍信，即免考入学。至于北大，大家都知道，由于当时校长蔡元培先生的远见与博识，首先是门户开放，用人不拘资格，只看能力或知识。最著名的是梁漱溟先生，先应入学考试不录取，不久却任了北大哲学教授。对于思想也不加限制，因此陈独秀、胡适之、李大钊诸先生可同在一校工作。不仅如此，某一时还把保皇党辜鸿铭老先生也请去讲学。我还记得很清楚，那次讲演，辜先生穿了件细色小袖绸袍，戴了顶青缎子加珊瑚顶瓜皮小帽，系了根深蓝色腰带。最引人注意的是背后还拖了一条细小焦黄辫子。老先生一上堂，满座学生即哄堂大笑。辜先生却从容不迫地说，你们不用笑我这条小小尾巴，我留下这并不重要，剪下它极容易。至于你们精神上那根辫子，据我看，想去掉可很不容易！因此只有少数人继续发笑，多数可就沉默了。这句话给我留下十分深刻的印象。从中国近五十年社会发展来看看，使我们明白近年来大家常说的"封建意识的严重和泛滥"，影响到国家应有的进步，都和那条无形辫子的存在息息相关。这句话对当时在场的人,可能不多久就当成一句"趣话"而忘了。我却引起一种警惕,得到一种启发,并产生一种信心:即独立思考,对于工作的长远意义。先是反映到"学习方法"上,然后是反映到"工作态度"上,永远坚持从学习去克服困难,也永远不断更改工作方法,用一种试探性态度求取进展。在任何情形下,从不因对于自己工作的停顿或更改而灰心丧气,对于人的愚行和偏执狂就感到绝望。也因此,我始终认为,做一个作家,值得尊重的地方,不应当在他官职的大而多,实在应当看他的作品对于人类进步、世界和平有没有真正的贡献。

其实当时最重要的,还是北大学校大门为一切人物敞开。这是一种真正伟大的创举。照当时校规,各大学虽都设有正式生或旁听生的一定名额,但北大对不注册的旁听生,也毫无限制,因此住在红楼附近求学的远比正式注册的学生多数倍,有的等待下年考试而住下,有的是本科业已毕业再换一系的,也有的是为待相熟的同学去同时就业的,以及其他原因而住下的。当时五四运动著名的一些学生,多数各已得到国家或各省留学生公费分别出国读书,内中俞平伯似乎不久即回国,杨振声先生则由美转英就学,于三四年后回到武汉高等师范学校教书，后又转北大及燕京去教书。一九二八至二九年时清华学校由罗家伦任校长，杨振声任文学院长，正式改清华大学为一般性大学，语文学院则发展为文学院。

有人说我应考北大旁听生不成功，是不明白当时的旁听生不必考试就可随堂听讲的。我后来考燕大二年制国文班学生，一问三不知，得个零分，连两元报名费也退还。三年后，燕大却想聘我作教师，我倒不便答应了。不能入学或约我教书，我都觉得事情平常，不足为奇。正如一九二五年左右，我投稿无出路，却被当时某编辑先生开玩笑，在一次集会上把我几十篇作品连成一长段，摊开后说，这是某某大作家的作品！说完后，即扭成一团投入字纸篓。这位编辑以后却做县长去了。有人说我作品得到这位大编辑的赏识，实在是误传。我的作品得到出路，恰是《晨报》改组由刘勉己、瞿世英相继负责，作品才初次在《小公园》一类篇幅内发表。后来换了徐志摩先生，我才在副刊得到经常发表作品机会。但至多每月稿费也不会过十来元。不久才又在《现代评论》发表作品，因此有人就说我是"现代评论派"，其实那时我只二十三四岁，一月至多二三十元收入，哪说得上是什么"现代评论派"？作品在《新月月刊》发表，也由于徐志摩先生的原因，根本不够说是

"新月派"的。至于《小说月报》,一九二八年由叶绍钧先生负责,我才有机会发表作品。稍后《东方杂志》也发表了我的作品,是由胡愈之、金仲华二先生之邀才投稿的。到三十年代时,我在由施蛰存编的《现代》,傅东华编的《文学》都有作品。以文学为事业的因此把我改称"多产作家",或加上"无思想的作家""无灵魂的作家",名目越来越新。这些"伟大"批评家,半世纪来,一个二个在文坛上都消灭了,我自己却才开始比较顺利掌握住了文字,初步进入新的试探领域。

我从事这工作是远不如人所想的那么便利的。首先的五年,文学还掌握不住,主要是维持一家三人的生活。为了对付生活,方特别在不断试探中求进展。许多人都比我机会好、条件好,用一种从容玩票方式,一月拿三四百元薪水,一面写点什么,读点什么,到觉得无多意思时,自然就停了笔。当然也有觉得再写下去也解决不了社会问题,终于为革命而牺牲的,二十年代初期我所熟悉的北大、燕大不少朋友,就是这样死于革命变动中的。也有些人特别聪明,把写作当作一个桥梁,不多久就成了大官的。只有我还是一个死心眼笨人,始终相信必须继续学个三五十年,才有可能把文字完全掌握住,才可能慢慢达到一个成熟境地,才可能写出点比较像样的作品。可是由于社会变化过于迅速，我的工作方式适应不了新的要求，加上早料到参加这工作二十年，由于思想呆滞顽固，与其占据一个作家的名分，成为少壮有为的青年一代挡路石，还不如即早让路，改一工作，对于个人对于国家都比较有意义。因此就转了业，进入历史博物馆工作了三十年。我今年七十八岁，依照新规定，文物过八十年即不可运出国外，我也快到禁止出口文物年龄了。……所以我在今天和各位专家见见面，真是一生极大愉快事。

从新文学转到历史文物

——一九八〇年十一月二十四日在美国圣若望大学的讲演

各位先生，各位女士，各位朋友：

我是一个没有读过书的人，今天到贵校来谈谈，不是什么讲演，只是报告个人在近五十年来，尤其是从二十到三十年代，由于工作、学习的关系，多少一点认识。谈起来都是很琐碎的，但是接触的问题，却是中国近五十年来变化最激烈的一个阶段——二十年代的前期到三十年代。

我是从一个地图上不常见的最小的地方来的，那个地方在历史上来说，就是汉代五溪蛮所在的地方，到十八世纪才成立一个很小的政治单位，当时不过是一个三千人不到的小城，除了一部分是军队，另一部分就是充军的、犯罪的人流放的地方。一直到二十世纪二十年代，这小镇的人口还不到一万人，但是这小地方却驻了七千个兵，主要就是压迫苗民的单位。因此我在很小的时候，就有机会常见大规模的屠杀，特别是辛亥革命那段时间。这给我一个远久的影响——就是认为不应有战争，特别是屠杀，世界上任何人都没有权利杀别一个人。

　　这也就影响到我日后五十年的工作态度，在无形中就不赞成这种不公正的政治手段。到了我能够用笔来表达自己意见的时候，我就反映这个问题。但是社会整个在大动乱中间，我用笔反映问题的理想工作就难以为继了。照着原来的理想，我准备学习个五十年，也许可算是毕业，能做出点比较能满意的成绩。但是时代的进展太快了，我才学习了二十年，社会起了绝大的变化，我原来的工作不易适应新形势的要求，因此转了业，这就是近三十年来，我另换了职业的原因。

　　今天回看二十年代以来二十多年的中国文学的发展，真是问题太多了。我是在大学教这个问题，教了二十年，现在要把那么长一段时间的各种变动，压缩到不到一个钟头来讲，仅仅只能谈个大略的印象，所以会有很多欠缺的地方。现在，我们新国家有很多的有关"五四"以来的专著都在编写，我只能谈到很少的部分，即是与我的学习和工作有关的一部分。

我是一九〇二年生的，一九二二年到了北京。这之前，我当了五年小兵，当时所见的对我以后的写作有密切的关系。这段时间，正是近代中国史上所说最混乱、腐败的军阀时代，从地方上很小的军阀以至北京最大的军阀的起来和倒台，我都有比较清楚的印象。

刚到北京，我连标点符号都还不知道。我当时追求的理想，就是五四运动提出来的文学革命的理想。我深信这种文学理想对国家的贡献。一方面或多或少是受到十九世纪俄国小说的影响。到了北京，我就住到一个很小的会馆，主要是不必花钱。同时在军队中养成一种好习惯，就是，没有饭吃全不在乎。这可不容易，因为任何的理想到时候都要受损伤的。但是我在军队久了，学得从来不因为这个丧气。这也就是后来住到了北京大学附近，很快就得到许多朋友赞许的原因。北京的冬天是零下十几度，最低到零下二十多度，我穿着很薄的单衣，就在那里待下去了。别人不易了解，在我而言，却是很平常的。我从不丧气，也不埋怨，因为晓得这个社会向来就是这样的。

当然，仅是看看《红楼梦》，看看托尔斯泰的作品，是不会持久的。主要是当时一些朋友给我鼓励和帮助,包括三个大学:北京大学、燕京大学和农业大学。当我实在支持不下去的时候,我就靠着它们,做个不速之客。在这种情况下,有许多对社会有更深了解的人都觉得非革命不可。我是从乡下来的,就紧紧地抓着胡适提的文学革命这几个字。我很相信胡适之先生提的:新的文体能代替旧的桐城派、鸳鸯蝴蝶派的文体。但是这个工作的进行是需要许多人的,不是办几本刊物,办个《新青年》,或凭几个作家能完成,而是应当有许多人用各种不同的努力来试探,慢慢取得成功的。所以我的许多朋友觉得只有"社会革命"能够解决问题,我是觉悟得比较晚的,而且智能比较低,但是仍能感觉到"文学革命"这四个字给我印象的深刻,成为今后文学的主流。按照当时的条件来讲,我不可能参加这样的工作,我连标点符号还不懂,唯一的可能是相信我的一双眼睛和头脑,这是我早年在军队生活里养成的习惯,对人世的活动充满了兴趣。

恰好住的地方是北京前门外一条小街上,向右走就是文化的中心,有好几百个古董店。现在看来,可以说是三千年间一个文化博物馆。大约十五分钟就可从家走到那里,看到所要看的一切。向左边走二十分钟又到了另外一个天地,那里代表六个世纪明朝以来的热闹市集，也可以说是明清的人文博物馆。因为这个时期仅仅隔宣统逊位十二年，从十七世纪以来，象征皇朝一切尊严的服装器物，在这里都当成废品来处理，像翡翠、玛瑙、象牙、珍珠等，无所不有。一面是古代的人文博物馆，上至三四千年前的东东西西；一面是前门的大街，等于是近代的人文博物馆，所以于半年时间内，在人家不易设想的情形下，我很快学懂了不少我想学习的东西。这对我有很深的意义，可说是近三十年我转进历史博物馆研究文物的基础。因为，后来的年轻人，已不可能有这种好机会见到这么多各种难得的珍贵物品的。

按照社会习惯来说，一个人进了历史博物馆，就等于说他本身已成为历史，也就是说等于报废了。但对我来说，这是一个机会，可以具体地把六千年的中华文物，劳动人民的创造成果，有条理有系统地看一个遍。从个人来说，我去搞考古似乎比较可惜，因为我在写作上已有了底子；但对国家来说，我的转业却是有益而不是什么损失，因为我在试探中进行研究的方法，还从来没有人做过。

我借此想纠正一下外面的传说。那些传说也许是好意的，但不太正确，就是说我在新中国成立后，备受虐待、受压迫，不能自由写作，这是不正确的。实因为我不能适应新的要求，要求不同了，所以我就转到研究历史文物方面。从个人认识来说，觉得比写点小说还有意义。因为在新的要求下，写小说有的是新手，年轻的、生活经验丰富、思想很好的少壮，能够填补这个空缺，写得肯定会比我更好。但是从文物研究来说，我所研究的问题多半是比较新的问题，是一般治历史、艺术史、做考古的、到现在为止还没有机会接触过的问题。我个人觉得：这个工作若做得基础好一点，会使中国文化研究有一个崭新的开端，对世界文化的研究也会有一定的贡献。因为文化是整体的，不是孤立的。研究的问题上溯可到过去几千年，但是它新的发展，在新的社会，依然有它的用处。这并不是我个人有什么了不得的长处，主要还是机会好，条件好。在文物任何一部门：玉器、丝绸、漆器、瓷器、纸张、金属加工……都有机会看上十万八万的实物。那时又正当我身体还健康，记忆力特别好的时候。可惜我这次出国过于匆忙，没来得及带上一些小的专题来与各位讨论。若将来有机会我能拿我研究中比较有头绪的一二十个专题来，配上三五十个幻灯片，我相信各位一定会有兴趣的。

因为我们新的国家，对文物的管理和保护都有明文规定，随着国家工业、农业的建设，已大规模地发现古物。整个来说就是把中国的文化起源，往前推进了约两千年。根据最近的发现，大约在四千年前就懂得利用黄金，同时也有了漆器、丝绸的发明，而且也知道那时候服饰上的花纹设计。我的工作就是研究这四千年来丝绸上花纹的发展。因为研究丝绸的关系，也同时使我研究起中国的服饰基本图案。最近已出版了一个集子，将来很可能会另外出些不同问题的专书。我今年已七十八岁了，在我兴趣与精力集中下，若是健康情形还好，在新条件下我至少可望还工作五六年。

我举个大家会感兴趣的例子：在商朝，大约是公元前十六世纪，从新出土文物中，就知道女士们的头发是卷的。因为材料多，我研究是用新的方法来做，先不注意文献，只从出土的材料来看问题；不谈结论，先谈实物，以向各部门提供最新资料。这只算是为其他各研究部门打打杂，做后勤工作，说不上什么真正研究的成绩。

现在在国外的朋友以及在台湾的兄弟们，希望各位有机会回去看看。每个人都知道中国有所谓《二十五史》，就没有人注意现在从地下发掘的东西，比十部《二十五史》还要多。那些有兴趣研究中国文化史、艺术史与工艺史的朋友，都值得回去看看。任何部门都有大量的材料，存放在各省博物馆的库房里，等待有心人来整理和研究。这大多数都是过去文献上从没提到的，我们也只是进行初步的探索。但这工作明显需要大量的对中国文化有兴趣的朋友来共同努力。这种研究的深入进展，十分显明是可以充实、丰富、纠正《二十五史》不足与不确的地方，丰富充实以崭新内容。文献上的文字是固定的，死的，而地下出土的东西却是活的，第一手的和多样化的。任何研究文化、历史的朋友，都不应当疏忽这份无比丰富的宝藏。

可惜的是，到目前为止，中国本身的事情太多了，再加上最近十年的动乱，许多工作有点来不及注意处理。直到最近几年才给予它应有的注意。在座中大约有研究明清史料的。仅就这个问题而言，我们尚有一千万件历史档案有待整理和研究。根据中国社会科学院历史研究所的同事说，光是这方面就需要有一百个历史研究员研究一百年。

大家都知道敦煌、龙门、云冈三个石窟，是中国中古以来的文化艺术的宝藏。其实还有更多的史前和中古近古的壁画出土，将来都会逐渐公诸于世的。照过去的习惯，我们多以为对汉唐文物已知道了很多；但从新出土的文物来比证，就发现我们从前知道的实在还太少。例如在文献上虽常常提及唐代妇女的服饰，但它究竟是怎么回事，实并不明确。因为文献只有相对可靠性，不够全面。那么现在不甚费力就能分辨出初唐（武则天时代）、盛唐（杨贵妃时代）与晚唐（崔莺莺时代）妇女服饰基本上的不同。所以这些研究从大处说，不仅可以充实我们对于中国民族文化史的知识，从小处说，也可以帮助我们纠正对许多有名的画迹、画册在年代上的鉴定。这也就是我虽快到八十岁，根本没想到退休的原因。我希望最少能再做十年这种研究，而且将来能有机会拿文物研究中一些专题向在座各位专家朋友请教。

刚才金介甫教授对我的工作夸奖似太过了，我其实是个能力极低的人，若说有点好处，那就是揪住什么东西就不轻易放过。这是金岳霖教授对我的评语。我也希望再用这种精神，多研究个五年、十年。至于我的文学作品，应当说，都早已过时了。中国情况和世界其他国家的情况不同，它变化得太快了，真如俗话说的："三年一小变，十年一大变。"我的一切作品，在三十年前就已过时了。今天只能说，我曾在文字比较成熟的三十年代前后，留下一些社会各方面的平常故事。现在已是八十年代！

许多在日本、美国的朋友，为我不写小说而觉得惋惜，事实上并不值得惋惜。因为社会变动太大,我今天之所以有机会在这里与各位谈这些故事,就证明了我并不因为社会变动而丧气。社会变动是必然的现象。我们中国有句俗话说:"塞翁失马,焉知非福!"在中国近三十年的剧烈变动情况中,我许多很好很有成就的旧同行,老同事,都因为来不及适应这个环境中的新变化成了古人。我现在居然能在这里很快乐地和各位谈谈这些事情,证明我在适应环境上,至少作了一个健康的选择,并不是消极地退隐。特别是国家变动大,社会变动过程太激烈了,许多人在运动当中都牺牲后,就更需要有人更顽强坚持工作,才能够保留下一些东西。在近三十年社会变动过程中,外面总有传说我有段时间很委屈、很沮丧;我现在站在这里谈笑,那些曾经为我担心的好朋友,可以不用再担心!我活得很健康,这可不能够作假的!我总相信:人类最后总是爱好和平的。要从和平中求发展、得进步的。中国也无例外这么向前的。听众问:"请问沈老,您最近出版的第一部大作,可在什么地方买到?"沈先生答:最近在香港印行的是有关服饰的。这部稿子在"文革"期间几乎被烧掉。书名是《中国古代服饰研究》,是当时周恩来总理给我的一个任务,在一九六四年就完成了。有二十多万字说明,四百多张图片,从商朝到清初，前后有三千多年。不久将来或许将有英、日译文本了。但里面应用的材料可能太深了点，不大好懂，在翻译中将有些删减。我倒希望有些版本能不删减，可作为研究资料用；许多问题还有待讨论。

我的第二个文物集子也在进行中，到底是用断代好呢？还是分类好？现在还没决定。这工作现在来做，条件实在很好，也得到相当多的经费，给了两个副研究员的名额，但助手选择也并不容易，他必定要知道历史，知道文物，必须具有各方面的知识，还得有文学和艺术知识，才能综合资料，提出新的看法。这种人员的训练很不容易。资料分散在全国各地，一切东西都是崭新的。举例来说：过去我们以为铜器上的镶金银是源于春秋战国时代，现在知道在商朝就有了。另外，我还对于中国使用镜子用了点心，二十多年前编过一本《唐宋铜镜》。镜子，过去也以为是春秋战国产物，现在出土的商朝镜子就有七八面，三千三百年前就有镜子了。

又如马王堆出土的花纱衣服，一件只有四十八克重，还不到一两。像同样的文物，中国近代出土的实有万千种。工艺上所达到的水平，多难于令人设想的精美。许多工作都在进行中。我们大家对秦始皇墓中的兵马俑都很感兴趣，在中国，类似的新文物有很多很多。另外朱洪武第十七太子在山东的陵墓，大家以为是明朝初年的，其实也并不全是，我们搞服装的从大量殉葬泥俑就知道，当差的服装多半还照元朝的官服，牵马人的服装又是照宋朝的官服。原因是中国历来各朝代常将前一朝代最高贵品级的服饰，规定为本朝最低贱人的服饰，表示对于前一朝代的凌辱。又如北朝在洛阳建都，力求华化，帝王也戴"漆纱笼冠"，一直沿用下来，但到了唐朝，漆纱笼冠都是较低品级的官吏服用。这就是我说的，我虽"不懂政治"，但这些涉及政治的问题，却不能不懂一点。（幸好只懂得这么一点点，要懂得稍多，这时我也许不会到这里来谈话了。）

在湖南吉首大学的演讲

——一九八二年五月二十七日

谢谢各位，我实际上算不上什么作家，说我是考古专家，也不是的。可以说，六十多年前，我是打烂仗出去的。二十五年前回来时，住了三天。这次回来，想看看家乡，向各方面学习。我不会说话，一直如此，三几个人谈天还可以，遇到人多的时候，我就变成了哑巴，说不出什么。在座的有永玉同志、萧离同志，他们说说感受，一定比我深刻得多。我只是和各位交谈。谈文学我是没有资格了，现在情况和我们那个时代不同，我是三十年代的，而且还算是二十年代的了。人家讲三十年为一世，已经是一世多了，所以现在谈不出所以然，谈不出什么要点了。我还是说话毫无准备，最好是请永玉和萧离谈谈，特别是萧离同志谈。（萧离："今天主要目标是你，我们是前呼后拥来的。""别人向他约稿他不写，推到我！"）（笑声）永玉同志大家知道，是湘西的光荣，希望我们同乡中不断地有这种画家出现，相信一定会有。我就说到这里为止，对不起，讲得汗流浃背了。（笑声、掌声）（萧离："沈老是文学家、考古学家，但不是演说家！"（笑声）"是不是大家随便提问，他老人家肚子里的东西太多了，要这么挤、挤、挤出来，要什么拿什么。"）（笑声）（大家请黄永玉谈，黄永玉摇手："手艺人，不会讲！""今天下午我转回去，画张不像样的画送给大家吧！"）（笑声、掌声）

我是毫无成就的，我到北京，当时连标点符号也不晓得，去那里，是想摆脱原来那个环境，实际上打算很小，想卖卖报纸，读读书。一到这个地方，才晓得卖报纸没有机会，卖报纸是分区分股的，卖报不行。后来发现，连讨饭也不行，北京讨饭规定很严，一个街道是一个街道的，一点不能"造反"！（众笑）不过，我得到一个传统的便宜，过去，为了科举的方便，设有会馆，我们湘西，有个酉西会馆，上湘西的，是张世准先生办的。他是花垣人，画画的，作诗也行。我一去，就在西西会馆住下来，因为按规定不要花钱。幸好，我亲舅舅永玉的祖父，他在香山慈幼院做事，有个关照。更重要的是北京从"五四"以来学校开门的情况。现在大家提到蔡元培先生伟大的地方，有一点不大提及，都只讲学校为教授开门，选教授不考虑资格，这点当时是著名的。梁漱溟先生考不起北大，两年后，被聘在北大教书。其实，据我的记忆，不止这点。北大对学生也开门，我个人认识，这影响很大。北大搞文学革命最有影响，当时的刊物《新青年》销路并不大，几千份，可是它分布范围广。当时一般刊物都只销几千份，销路最大的是《小说月报》，一万份。北大为学生开门，很方便，我不是学生，也可以去北大随便听课。教员有这么个习惯，谁听课听得好，考试他也给你分数，他不问你是哪个系的，把你也算进去，也可以拿奖励，三毛五分钱，我也就得到这个便宜。大概有两年，我是穿单衣过冬的。在北京，穿单衣过冬，算是个考验！零下二十几度嘛！（众笑）不久，我就得到各方面的赞助，我想，他们绝对不是认为我是什么"天才"，他们大概都是欣赏我这个气概，凤凰人嘛，我又在军队里混了五年，什么都不在乎，冬天穿单衣，也不觉得寒碜。北京还有个好处，习惯朴实，所以我这个穷学生，很快就同清华的、北大的、燕大的、农大的一些人熟了,遇到困难,得他们帮助,有时就到人家那里吃饭,这,大概也得力于那个"不在乎""无所谓"。有个朋友,碰到星期天,他就带我到那个小摊摊吃饭。有时,我也免不了挨饿。

至于说到文章,做学问,我这个人就糟糕透了,直到现在还有不少字认不得。不仅当时不懂得标点文法,现在还是不懂标点文法,说我是个知识分子,那是个错误,我是个假知识分子!(众笑)当时,有机会让我学写文章,我也就学起来,实际上,困难多,有时也实在没有出路,吃饭也成问题。北京当时什么奉系直系军阀,一个排长什么的,在枪口上插个"招兵委员"的旗子,我也跟着他们后头跑,走到天桥杂耍棚那边,到旅馆了,要按手印,发伙食费时,我又溜了(众笑),有好几回是这样。所以,说坚强,说不上,形势所迫,使我简直难于动弹。到了文章有了点出路,人家说我有什么"天才",其实,我文化是最低级的,我是最不相信"天才"的,学音乐或者什么别的也许有,搞文学的,不靠什么天才,至少我是毫无"天才",主要是耐心耐烦,改来改去,磨来磨去。我文章大概发表了不少,但文字成熟得很晚,直到一九二九年后才比较成熟,比较通顺。一九三〇年到一九三一年,这几年写得比较顺利。有人不是骂我是"多产作家"吗？那时，要解决生活问题，有时不得已，不是好现象。当时，我们许多曾在一起的，有的有机会、有熟人进清华念两年，再到美国两年，回来得个博士，每月就可拿四百块钱。我算是第一个职业作家，最先的职业作家，我每个月收入从来不超过四十块钱。直到一九二八年后，到学校教书了，每个月才拿到一百块钱。那生活，比想象的要困难些。我唯一的一点好处，有个习惯，向前走了，就不回头。本来，我给家乡亲戚、老上司写个信、要点钱，有什么要紧？可我觉得硬扎一点好。说当时书店对作家有什么好处，也看不出，一九二八年以后，新书店还能维持，全靠剥削作家。照例，我一本书稿，连版权也卖给人家，只一百块钱。对这，我也不在乎。我总觉得，要搞新文学，要用它代替文言文的影响，或者晚清文言文的不良影响、代替鸳鸯蝴蝶派式的文字，能在国内和国际上胜任文学革命所说的要求，成为一个独立的单位，大概每个人应该有几十年的努力，做各方面的试验，才有点希望。不是几个人，有个团体，办个杂志，一起哄就成的。一定要每个人写几十本书才能见效。这个想法当然好，照这样做的，恐怕就为数不多。因为在有的人看来，写下去，要时间，也解决不了社会问题。一些对革命有认识的，到武汉去了，后来大部分牺牲了。另外一批，身份不同一点的，做官去了。我不中用，也不机敏，有凤凰人的固执，只想在文学上"试验"下去。

要紧的是学习，但学习上我也很差，可以说只学习了十一个字，就是"为人民服务""实践""古为今用"。对这十一个字，我认识得具体。凡是抽象的带点务虚性的，我总是弄不通，总是理解得很差，也很容易犯错误。所以，到社会大变革后，我就转到博物馆去了。转到博物馆，不知不觉过了三十年，说是为人民服务，实际上是向人民学习。三十年来，机会也好，能见到比较多的实物，绫罗绸缎、坛坛罐罐、花花草草，总是十万八万的，机会和条件都好，也很有兴趣，而且特别有兴趣的是毛主席提到的"古为今用"。地下的东西，发现得越来越多，个人在这些东西间不知不觉就过了三十年。至于说到我是专家，万万不能相信，就只有一些常识，各方面有点常识。由于我的金文底子不好，常识也只限于汉代以后，以前的就少了。现在编了一本书出来，也还是党的鼓励，是科学院得到周总理同意让我来编的。所以，我也就大胆子接了过来，得到各方面的帮忙，大概一九六四年就编了出来。可是，很快"大运动"就来了，这书稿也几乎烧掉。幸好，竟保存下来，

"四人帮"倒后,我被调到科学院,帮我设立一个服饰研究工作组,给了我一些工作条件,寄托了很大希望。实际就我个人理解,它还是很粗糙的,充满了实验性和试探性的。多半是从实物出发解决问题的。这次回去后,就是要进一步修订再版。刚才有同志说我是专家,万万不要相信。等于我那个写作,写作我应当承认是失败了。我有几个同事,那真正称得上天才,人家写完了一个字不改,印出来很像个东西,烧掉后重写,又同原来一样。至于我,写东西是一个个字改出来的。所以,假定我的书烧掉了,我连书名字也记不得!(笑声)我的书,在五三年时,曾因从书店看来是过时的,便代为烧掉了。台湾一直禁止出我的书,到现在还没有解禁。现在有机会重印些出来,是香港一些不认识的朋友帮寄了些来。香港这个地方杂一点,我过去写的东西也还找得出。他们给我寄了五十本来,我才以编个选集,对这个选集也不宜寄托大的希望,因为写的都是五十年前的事,过时了。譬如写到我家乡的地方,除景色以外,社会面貌基本上是变了。只能当成反面材料,用来对照,看到我们新社会的可喜,看到我们这小地区人过去的痛苦的情况。也有人说:你把湘西,你的家乡刻画得太美了。可他们到了湘西,又都同意,说湘西是不错。特别是我们湘西人的爽快、热情、爱好朋友、做事情坚韧方面，得到大家认可和好评。

刚才有位老师提到这地方历史文物问题，我看了几期《吉首大学学报》，对有几篇文章，很感兴趣。关于酉水流域悬棺葬问题，由于我在博物馆，这方面不是专门，只略有常识。这是个大问题，过去没有人接触过。它很能解决古代我们这个云梦泽的一些问题。我们这带，是太史公看不起的荆蛮之地。过去，许多人总是受《史记》的影响，讲这地方筚路蓝缕，破破烂烂，什么都没有。其实，现在从出土文物来看，最多接受商文化的倒是楚国。……据说，湘西一带许多悬棺都被人盗过，成了空棺，空棺也不要紧，只要捡得些东西的碎片，也可以推断它的年代，这个工作，很值得自治州这方面给予人力，有组织地进行。它有助于解决巴文化与楚文化关系问题。这是我个人看法。

听说大庸（注：现张家界市永定区）还发现一批，很值得有人去研究，甚至我们这个吉首大学也可以有计划地培养这方面的人，给他们以助力，让他到研究单位学习，来解决这个问题。因为楚文化研究是个大事情。我到江陵去过。那里至少还有几千座如山的大坟，几千座小坟可挖。全部鄂州，原来以为是被人打进来焚毁了。"哀郢"嘛,说焚掉了。现在探查结果,是埋进了地下,埋在水田下面,是湮没而不是烧毁了。因为没有发现灰,没有烧掉的痕迹。这个有利于研究中古的(春秋到战国)文化。不过,现在简直没有法子挖。不敢挖。搞我们这一行的太少了。据我今年参观的部分已出土的东西,有些锦缎,在中国现在已发现的锦缎中,是最早的。与我们土家族织锦的提花方法有某些近似,这个材料还没有公开,很快就要公开吧。挖这个坟的人,其中有我的一个助手,是曾经参加过挖马王堆的。说到我们湘西土家族苗族原始文化,文献也有限,恐怕也还得注意原始纺织技术的研究,如果我们州博物馆还能像个样子,多收集一点这方面的资料,有地方性,这样也就会具有国际性。(插话:"沈老,沅水一带也发现有楚墓。")是,常德德山一带就有,在澧水一带还发现一个"龙山文化",还不曾公开。实在值得培养这方面的研究人员,我搞这个搞了几十年,晓得全国性的专门搞这一地的只两百多人,远远不够。现在文物所要改成一个文物局,放到文化部,人不足,我们都感到棘手。再过若干年,管文物肯定得设立一个部,了不起呀!我们地面上只有一部二十五史,地底下有一百部二十五史!(热烈鼓掌)

从他们身上找自我。

活到老，学到老

致唯刚先生

副刊记者转唯刚先生：

　　本来我没有看每日新闻的资格，因为没有这三分钱。今天，一个朋友因见到五四纪念号先生一篇大作，有关于我的话，所以拿来给我瞧。拜读之余，觉得自己实在无聊，简直不是一个人，惶恐惶恐。

　　可惜我并不是个大学生（连中学生也不是）。但先生所听说的总有所本。我虽不是学生，但当先生说"听说是个学生"时，却很自慰。想我虽不曾踹过中学大门，分不清洋鬼子字母究竟是有几多（只敢说个大概多少），如今居然有人以为我是大学生！

写文章不是读书人专利,大概先生乐于首肯。或者是因文章中略有一点学生作文的气息,而先生就随手举出来,那也罢了——然我不曾读过书却是事实。

我是在军队中混大的(自然命好的人会以为奇怪)。十三岁到如今,八年多了。我做过许多年补充兵,做过短期正兵,做过几年司书,以至当流氓。人到军队中混大,究竟也有点厌烦了(但不是觉悟),才跑来这里,诚如先生所说,想扛张文凭转去改业。不过,我是没有什么后方接济,所以虽想扛文凭,也只想"一面做工一面不花钱来读点书"。到这一看,才晓得"此路不通",觉得从前野心太大了。因为读书,不只是你心里想读就能读,还要个"命",命不好的也不能妄想。转身扛枪去吧。可惜这时要转也转不去。就到这里重理旧业吧。奉直战争虽死了许多弟兄们,有缺可补,可我又无保人。至于到图书馆去请求做一个听差而被拒绝,这还不算出奇,还有……

不消说,流浪了!无聊与闲暇,才学到写文章。想从最低的行市(文章有市价,先生大概是知道的)换两顿饭吃。委委琐琐活下去再看。想做人,因自己懦弱,不能去抢夺,竟不能活下去。但自己又实在想生,才老老实实来写自传。写成的东西自己如何知道好丑？但我既然能写得出不成东西的东西，也可冒充一下什么文学家口吻，说一句自己忠实于艺术！

先生说："这一段文章我是写不出来的。"这话我不疑心先生说的是自谦与幽默：先生的"命"，怕实在比我好一点！若先生有命到过学堂——还有别的命好有机会读书的人，当然要"立志做人"立志"做好学生"，揹着什么"毕业成败关头"。我呢？堕落了！当真堕落了！然当真认到我的几个人，却不曾说过我"虚伪"。

"凄清，颓丧，无聊，失望，烦恼"，当然不是那些立志改良社会，有作有为，尊严伟大，最高学府未来学者的应有事情。人生的苦闷，究竟是应当与否？我想把这大问题提出请学者们去解释。至于我这种求生不得，在生活磨石齿轮下挣扎着的人呢？除了狂歌痛哭之余，做一点梦，说几句呓语来安置自己空虚渺茫的心外，实在也找不出人类夸大幸福美满的梦来了！无一样东西能让我浪费，自然只有浪费这生命。从浪费中找出一点较好的事业来干吧！可惜想找的又都悬着"此路不通"的牌子。能够随便混过日子，在我倒是一桩好事！

先生本来是对学生发言的，我本不值先生来同我扯谈。但不幸先生随手拈出的例子，竟独独拈到一个高小没有毕业的浪人作品。人家大学生有作有为时时在以改良社会为己任的多着呢。并且开会，谈政治，讨论妇女解放，谁个不认真努力？（就是有些同我所写的差不多，但身居最高学府，也是无伤大体，不值得先生那么大声疾呼！）

我想请先生另举一个例，免得别人或法警之类又说我以浪人冒充大学生。

"……天才青年……曲折地深刻地传写出来……实在能够感动人。"（这些使我苦笑的话）当我低下头去写《遥夜》，思量换那天一顿午饭时，万没想到会引起先生注意，指出来作为一个学生代表作品的例子，且加上这些够使我自省伤心的话！

"替社会成什么事业"，这些是有用人做的。我却只想把自己生命所走过的痕迹写到纸上。

从徐志摩作品学习"抒情"

在写作上想到下笔的便利,是以"我"为主,就官能感觉和印象温习来写随笔。或向内写心,或向外写物,或内外兼写,由心及物由物及心混成一片。方法上多变化,包含多,体裁上更不拘文格文式可以取例作参考的,现代作家中,徐志摩作品似乎最相宜。

如写风景,在《我所知道的康桥》,说到康桥天然的景色,说到康河,实在妩媚美丽得很。他要你凝神地看,要你听,要你感觉到这特殊风光。即或这是个对你十分陌生的外国地方,也能给你一种十分亲切的印象。

康桥的灵性全在一条河上,康河,我敢说,是全世界最秀丽的一条水。……河身多的是曲折,上游是有名的拜伦潭,当年拜伦常在那里玩的;有一个老村子叫格兰骞斯德,有一个果子园,你可以躺在累累的桃李树荫下吃茶,花果会掉入你的茶杯,小雀子会到你的桌上来啄食,那真是别有一番天地。这是上游。下游是从骞斯德顿下去,河面展开,那是春夏间竞舟的场所。上下河分界有一个坝筑,水流急得很,在星光下听水声,听近村晚钟声,听河畔倦牛刍草声,是我康桥经验中最神秘的一种:大自然的优美,宁静,调谐在这星光与波光的默契中不期然地淹入了你的性灵。

这河身的两岸都是四季常青最葱翠的草坪。从校友居的楼上望去,对岸草场上,不论早晚,永远有十数匹黄牛与白马,胫蹄没在恣蔓的草丛中,从容地在咬嚼,星星的黄花在风中动荡,应和着它们尾鬃的扫拂。桥的两端有斜倚的垂柳与掬荫护住。水是彻底的清澄,深不足四尺,匀匀地长着长条的水草。这岸边的草坪又是我的爱宠,在清朝,在傍晚,我常去这天然的织锦上坐地，有时读书，有时看水；有时仰卧着看天空的行云，有时反扑着搂抱大地的温软。

但河上的风流还不止两岸的秀丽，你得买船去玩。

你站在桥上看人家撑，那多不费劲，多美！尤其在礼拜天，有几个专家的女郎，穿一身缟素衣裙，裙裾在风前悠悠的飘着，戴一顶宽边的薄纱帽，帽影在水草间颤动，你看她们出桥洞时的姿态，捻起一根竟像没分量的长竿，只轻轻地、不经心地往波心里一点，身子微微地一蹲，这船身便波地转出了桥影，翠条鱼似的向前滑了去。她们那敏捷，那闲暇，那轻盈，真是值得歌咏的。

在初夏阳光渐暖时，你去买一只小船，划去桥边荫下躺着念你的书或是做你的梦，槐花香在水面上飘浮，鱼群的唼喋声在你耳边挑逗。或是在初秋的黄昏，迎着新月寒光，望上流僻静处远去。爱热闹的少年们携着他们的女友在船沿上支着双双的东洋彩纸灯，带着话匣子，船心里用软垫铺着，也开向无人迹处去享他们的野福——谁不爱听那水底翻的音乐在静定的河上描写梦意与春光！

　　静极了，这朝来水溶溶的大道，只远处牛奶车的铃声，点缀这周遭的沉默。顺着这大道走去，走到尽头，再转入林子里的小径，往烟雾浓密处走去，头顶是交枝的榆荫，透露着漠楞楞的曙色；再往前走去，走尽这林子，当前是平坦的原野；望见了村舍，初青的麦田，更远三两个馒形的小山掩住了一条通道。天边是雾茫茫的，尖尖的黑影是近村的教寺。听，那晓钟和缓的清音。这一带是此邦中部的平原，地形像是海里的轻波，默沉沉地起伏。山岭是望不见的，有的是常青的草原与沃腴的田壤。登那土阜上望去，康桥只是一带茂林，拥戴着几处娉婷的尖阁。妩媚的康河也望不见踪迹，你只能循着那锦带似的林木想象那一流清浅。村舍与树林是这地盘上的棋子，有村舍处有佳荫，有佳荫处有村舍。这早起是看炊烟的时辰：朝雾渐渐地升起，揭开了这灰苍苍的天幕（最好是微霡后的光景），远近的炊烟，成丝的，成缕的，成卷的，轻快的，迟重的，浓灰的，淡青的，惨白的，在静定的朝气里渐渐地上腾，渐渐地不见，仿佛是朝来人们的祈祷，参差地響入了天听。朝阳是难得见的，这初春的天气。但它来时是起早人莫大的愉快。顷刻间这田野添深了颜色，一层轻纱似的金粉渗上了这草，这树，这通道，这庄舍。顷刻间这周遭弥漫了清晨富丽的温柔。顷刻间你的心怀也分润了白天诞生的光荣。（摘引自《我所知道的康桥》）

对自然的感应下笔还容易，文字清而新，能凝眸动静光色，写下来即令人得到一种柔美印象。难的是对都市光景的捕捉，用极经济篇章，写一个繁华动荡建筑物高耸人群交流的都市。文字也俨然具建筑性，具流动性，如写巴黎。

咳，巴黎！到过巴黎的一定不会再稀罕天堂；尝过巴黎的，老实说，连地狱都不想去了。整个的巴黎就像是一床野鸭绒的垫褥，衬得你通体舒泰，硬骨头都给熏酥了的——有时许太热一些。那也不碍事，只要你受得住。赞美是多余的，正如赞美天堂是多余的，咒诅也是多余的，正如咒诅地狱是多余的。巴黎，软绵绵的巴黎，只在你临别的时候轻轻地嘱咐一声"别忘了,再来!"其实连这都是多余的。谁不想再去?谁忘得了?

香草在你的脚下,春风在你的脸上,微笑在你的周遭。不拘束你,不责备你,不督饬你,不窘你,不恼你,不揉你。它搂着你,可不缚住你;是一条温存的臂膀,不是根绳子。它不是不让你跑,但它那招逗的指尖却永远在你的记忆里晃着。多轻盈的步履,罗袜的丝光随时可以沾上你记忆的颜色!

但巴黎却不是单调的喜剧。塞纳河的柔波里掩映着罗浮宫的倩影,它也收藏着不少失意人最后的呼吸。流着,温驯的水波;流着,缠绵的恩怨。咖啡馆:和着交颈的软语,开怀的笑响,有踞坐在屋隅里蓬头少年计较自毁的哀思。跳舞场:和着翻飞的乐调,迷醇的酒香,有独自支颐的少妇思量着往迹的怆心。浮动在上一层的许是光明,是欢畅,是快乐,是甜蜜,是和谐;但沉淀在底里阳光照不到的,才是人事经验的本质:说重一点是悲哀,说轻一点是惆怅。谁不愿意永远在轻快的流波里漾着,可得留神你往深处去时的发现!

放宽一点说,人生只是个机缘巧合;别瞧日常生活河水似的流得平顺,它那里面多的是潜流,多的是旋涡——轮着的时候谁躲得了给卷了进去?那就是你发愁的时候,是你登仙的时候,是你辨着酸的时候,是你尝着甜的时候。

巴黎也不一定比别的地方怎样不同,不同就在那边生活流波里的潜流更猛,旋涡更急,因此你叫给卷进去的机会也就更多。(摘自《巴黎的鳞爪》)

同样是写"物",前面从实处写所见,后面从虚处写所感。在他的诗中也可以找出相近的例。从实处写,如《石虎胡同七号》,从虚处写,如《云游》。

我们的小园庭,有时荡漾着无限温柔:
善笑的藤娘,袒酥怀任团团的柿掌绸缪,
百尺的槐翁,在微风中俯身将棠姑抱搂,
黄狗在篱边,守候睡熟的珀儿,它的小友,
小雀儿新制求婚的艳曲,在媚唱无休——
我们的小园庭,有时荡漾着无限温柔。

我们的小园庭,有时淡描着依稀的梦景;
雨过的苍茫与满庭荫绿,织成无声幽暝。
小蛙独坐在残兰的胸前,听隔院蚓鸣。
一片化不尽的雨云,倦展在老槐树顶,
掠檐前作圆形的舞旋,是蝙蝠,还是蜻蜓?——
我们的小园庭,有时淡描着依稀的梦景。

我们的小园庭,有时轻喟着一声奈何;
奈何在暴风雨时,雨捶下捣烂鲜红无数,
奈何在新秋时,未凋的青叶惆怅地辞树,
奈何在深夜里,月儿乘云艇归去,西墙已度,
远巷薤露的乐音,一阵阵被冷风吹过——
我们的小园庭,有时轻喟着一声奈何。

我们的小园庭,有时沉浸在快乐之中;
雨后的黄昏,满园只美荫,清香与凉风,
大量的蹇翁,巨樽在手,蹇足直指天空,
一斤,两斤,杯底喝尽,满怀酒欢,满面酒红,

连珠的笑响中,浮沉着神仙似的酒翁——
我们的小园庭,有时沉浸在快乐之中。(《石虎胡同七号》)

那天你翩翩地在空际云游,
自在,轻盈,你本不想停留
在天的那方或地的那角,
你的愉快是无拦阻的逍遥。
你更不经意在卑微的地面
有一流涧水,虽则你的明艳
在过路时点染了他的空灵,
使他惊醒,将你的倩影抱紧。

他抱紧的只是绵密的忧愁,
因为美不能在风光中静止;
他要,你已飞渡万重的山头,
去更阔大的湖海投射影子!
他在为你消瘦,那一流涧水,
在无能的盼望,盼望你飞回!(《云游》)

一切优秀作品的制作,离不了手与心。更重要的,也许还是培养手与心那个"境",一个比较清虚寥廓,具有反照反省能够消化现象与意象的境。单独把自己从课堂或寝室朋友或同学拉开,静静地与自然对面,即可慢慢得到。关于这问题,下面的自白便很有意思。作者的散文,以富于热情见长,风格独具。可是这热情的培养与表现,却从一个"单独"的"境"中得来的。

"单独"是一个耐人寻味的现象。我有时想它是任何发见的第一个条件。你要发见你的朋友的"真",你得有与他单独的机会。你要发见你自己的"真",你得给你自己一个单独的机会。你要发见一个地方(地方一样有灵性),你也得有单独玩的机会。我们这一辈子,认真说,能认识几个人?能认识几个地方?我们都是太匆忙,太没有单独的机会。……

但一个人要写他最心爱的对象,不论是人是地,是多么使他为难的一个工作!你怕,你怕描坏了它,

> 你怕说过分了恼了它，你怕说太谨慎了辜负了它。
>
> （《我所知道的康桥》）

徐志摩作品给我们感觉是"动"，文字的动，情感的动，活泼而轻盈。如一盘圆圆珠子，在阳光下转个不停，色彩交错，变幻炫目。他的散文集《巴黎的鳞爪》代表他作品最高的成就。写景，写人，写事，写心，无一不见出作者对于现世光色的敏感，与对于文字性能的敏感。

学鲁迅

文学革命的意义,实包含"工具重造""工具重用"两个目标。把文字由艰深空泛转为明白亲切,是工具重造。由误用滥用把艰深空泛文字用到颂扬名伶名花,军阀遗老,为他们封王进爵拜生做寿,或死去以后谀墓哄鬼工作,改成明白亲切文体,用到人民生活苦乐的叙述,以及多数人民为求生存求发展,所作合理挣扎,种种挣扎如何遭遇挫折,半路绊倒又继续爬起,始终否定当前现实,追求未来种种合理发展过程,加以分析,检讨,解剖,进而对于明日社会作种种预言,鼓励其实现,是工具重用。两目标同源异流,各自发展,各有成就:或丰饶了新文学各部门在文体设计文学风格上的纪录,或扩大加强了文学社会性的价值意义,终复异途同归,二而一,"文学与人生不可分"。一切理论的发展,由陈独秀、胡运之诸先生起始,二十年来或以文学社团主张出发,或由政治集团思想出发,理论变化虽多,却始终无从推翻这话所包含的健康原则和深远意义。几个先驱者工作中,具有实证性及奠基性的成就,鲁迅先生的贡献实明确而永久。分别说来,有三方面特别值得记忆和敬视:

一、于古文学的爬梳整理工作,不作章句之儒,能把握大处。

二、于否定现实社会工作,一支笔锋利如刀,用在杂文方面,能直中民族中虚伪,自大,空疏,堕落,依赖,因循种种弱点的要害。强烈憎恶中复一贯有深刻悲悯浸润流注。

三、于乡土文学的发轫,作为领路者,使新作家群的笔,从教条观念拘束中脱出,贴近土地,挹取滋养,新文学的发展,进入一新的领域,而描写土地人民成为近二十年文学主流。

至于对工作的诚恳,对人的诚恳,一切素朴无华性格,尤足为后来者示范取法。

每年一度对于死者的纪念,纪念意思若有从前人学习,并推广对于前人工作价值的理解，促进更多方面的发展意义，个人以为这一天的纪念，应当使其他三百天大家来好好使用手中的笔，方为合理。因为文学革命的工具重造工具重用，前人虽尽了所能尽的力，作各方面试探学习，实在说来，待作未作的事就还很多！更何况这个国家目前所进行的大悲剧，使年青一代更担负了如何沉重一份重担，还得要文学家从一个更新的观点上给他们以鼓励，以刺激，以启发，将来方能于此残破国土上有勇气来重新努力收拾一切！

"诚恳"倘若是可学的，也是任何一种民族在忧患中挣扎时基本品质。我们由此出发，对于工作，对于人，设能好好保持到它，即或走各自能走的路，作研究好，写杂文好，把一支笔贴近土地来写旧的毁灭和新的生长，以及新旧交替一切问题好。若这一点学不到，纪念即再热烈，和纪念本意将越来越远，即用笔，所能作的贡献，恐怕也将不会怎么多！再若教人学鲁迅的，年过四十，鲁迅在四十岁前后工作上的三种成就，尚无一种能学到，至于鲁迅先生那点天真诚恳处，却用一种社交上的世故适应来代替，这就未免太可怕了。因为年青人若葫芦依样，死者无知，倒也无所谓，正如中山先生之伟大，并不曾为后来者不能光大主义而减色。若死者有知，则每次纪念，将必增加痛苦。

其实这痛苦鲁迅先生在死后虽可免去,在生前则已料及。病时所发表一个拟遗嘱上,曾说得极明白。要家中人莫为彼举行任何仪式,莫收受人馈赠,要儿子莫作空头文学家。言虽若嘲谑,而实沉痛。因生前虽极力帮忙年青作家,也吃了不少空头作家闷气,十分失望,目下大家言学鲁迅,这个遗嘱其实也值得提出来,作为一种警惕。

我上许多课仍然不放下那一本大书

我改进了新式小学后,学校不背诵经书,不随便打人,同时也不必成天坐在桌边。每天不只可以在小院子中玩,互相扭打,先生见及,也不加以约束,七天照例又还有一天放假,因此我不必再逃学了。可是在那学校照例也就什么都不曾学到。每天上课时照例上上,下课时就遵照大的学生指挥,找寻大小相等的人,到操坪中去打架。一出门就是城墙,我们便想法爬上城去,看城外对河的景致。上学散学时,便如同往常一样,常常绕了多远的路,去城外边街上看看那些木工手艺人新雕的佛像贴了多少金。看看那些铸钢犁的人一共出了多少新货。或者什么人家孵了小鸡,也常常不管远近必跑去看看。一到星期日，我在家中写了十六个大字后，就一溜出门，一直到晚，方回家中。

半年后家中母亲相信了一个亲戚的建议，以为应从城内第二初级小学换到城外第一小学，这件事实行后更使我方便快乐。新学校临近高山，校屋前后各处是树，同学又多，当然十分有趣。到这学校我仍然什么也不学得，生字也没认识多少，可是我倒学会了爬树。几个人一下课，就在校后山边各自拣选一株合抱大梧桐树，看谁先爬到顶。我从这方面便认识约三十种树木的名称。因为爬树有时跌下或扭伤了脚，刺破了手，就跟同学去采药，又认识了十来种草药。我开始学会了钓鱼，总是上半天学，钓半天鱼。我学会了采笋子，摘蕨菜。后山上到春天各处是野兰花，各处是可以充饥解渴的刺莓，在竹篁里且有无数雀鸟，我便跟他们认识了许多雀鸟，且认识许多果树。去后山一里左右，又有一个制瓷器的大窑，我们便常常过那里去看工人制造一切瓷器，看一块白泥在各样手续下如何就变成为一个饭碗，或一件别种用具的生产过程。

学校环境使我们在校外所学的实在比校内课堂上多十倍，但在学校也学会了一件事，便是各人用刀在座位板下镌雕自己的名字。又因为学校有做手工的白泥，我们就用白泥摹塑教员的肖像，且各为取一怪名："绵羊""耗子""老土地菩萨"，还有更古怪的称呼。总之随心所欲。在这些事情上我的成绩照例比学校功课好一点，但自然不能得到任何奖励。学校已禁止体罚，可是记过罚站还在执行。

照情形看来，我已不必逃学，但学校既不严格，四个教员恰恰又有我两个表哥在内，想要到什么地方去时，我便请假。看戏请假，钓鱼请假，甚至几个人到三里外田坪中去看人割禾、捉蚱蜢也向老师请假。至于教师本人，一下课就玩麻雀牌，久成习惯，当时麻雀牌是新事物，所以教师会玩并不以为是坏事情。

那时我家中每年还可收取租谷三百石左右，三个叔父二个姑母占两份，我家占一份。到秋收时，我便同叔父或其他年长亲戚，往二十里外的乡下去，督促佃夫和一些临时雇来的工人割禾。等到田中成熟禾穗已空，新谷装满白木浅缘方桶时，便把新谷倾倒到大晒谷簟上来，与佃夫平分。其一半应归佃夫所有的，由他们去处置，我们把我家应得那一半，雇人押运回家。在那里最有趣处是可以辨别各种禾苗，认识各种害虫，学习捕捉蚱蜢分别蚱蜢。同时学用鸡笼去罩捕水田中的肥大鲤鱼鲫鱼，把鱼提来即用黄泥包好塞到热灰里去煨熟分吃。又向佃户家讨小小斗鸡，且认识种类，准备带回家来抱到街上去寻找别人公雏作战。又从农家小孩处学习抽稻草心织小篓小篮，剥桐木皮做卷筒哨子，用小竹子做唢呐。有时捉得一个刺猬，有时打死一条大蛇，又有时还可跟叔父让佃户带到山中去，把雉媒抛出去，吹唿哨招引野雉，鸟枪里装上一把散碎铁砂，和黑色土药，猎取这华丽骄傲的禽鸟。

为了打猎，秋末冬初我们还常常去佃户家，看他们下围，跟着他们乱跑。我最欢喜的是猎取野猪同黄鹿。有一次还被他们捆缚在一株大树高枝上，看他们把受惊的黄鹿从树下追赶过去。我又看过猎狐，眼看着一对狡猾野兽在一株大树根下转，到后这东西便变成了我叔父的马褂。

学校既然不必按时上课，其余的时间我们还得想出几件事情来消磨，到下午三点才能散学。几个人爬上城去，坐在大铜炮上看城外风光，一面拾些石头奋力向河中掷去，这是一个办法。另外就是到操场一角砂地上去拿顶翻筋斗，每个人轮流来做这件事，不溜刷的便仿照技术班办法，在那人腰身上缚一条带子，两个人各拉一端，翻筋斗时用力一抬，日子一多，便无人不会翻筋斗了。

因为学校有几个乡下来的同学，身体壮大异常，便有人想出好主意，提议要这些乡下孩子装成马匹，让较小的同学跨到马背上去，同另一匹马上另一员勇将来作战，在上面扭成一团，直到跌下地后为止。这些做马匹的同学，总照例非常忠厚可靠，在任何情形下皆不卸责。作战总有受伤的，不拘谁人头面有时流血了，就抓一把黄土，将伤口敷上，全不在乎似的。我常常设计把这些人马调度得十分如法，他们服从我的编排，比一匹真马还驯服规矩。

放学时天气若还早一些，几个人不是上城去坐坐，就常常沿了城墙走去。有时节出城去看看，有谁的柴船无人照料，看明白了这只船的的确确无人时，几人就匆忙跳上了船，很快地向河中心划去。等一会儿那船主人来时，若在岸上和和气气地说：

"兄弟，兄弟，你们快把船划回来，我得回家！"

遇到这种和平讲道理人时，我们也总得十分和气把船划回来，各自跳上了岸，让人家上船回家。若那人性格暴躁点，一见自己小船为一群胡闹小将把它送到河中打着圈儿转，心中十分愤怒，大声地喊骂，说出许多恐吓无理的野话，那我们便一面回骂着，一面快快地把船向下游流去，尽他叫骂也不管他。到下游时几个人上了岸，就让这船搁在河滩上不再理会了。有时刚上船坐定，即刻便被船主人赶来，那就得担当一分惊险了。船主照例知道我们受不了什么簸荡，抢上船头，把身体故意向左右连续倾侧不已，因此小船就在水面胡乱颠簸，一个无经验的孩子担心会掉到水中去，必惊骇得大哭不已。但有了经验的人呢，你估计一下，先看看是不是逃得上岸，若已无可逃避，那就好好地坐在船中，尽那乡下人的磨练，拼一身衣服给水湿透，你不慌不忙，只稳稳地坐在船中，不必作声告饶，也不必恶声相骂，过一会儿那乡下人看看你胆量不小，知道用这方法吓不了你，他就会让你明白他的行为不过是一种带恶意的玩笑，这玩笑到时应当结束了，必把手叉上腰边，向你微笑，抱歉似的微笑。

"少爷，够了，请你上岸！"

于是几个人便上岸了。有时不凑巧，我们也会被人用小桨竹篙一路追赶着打我们，还一路骂我们。只要逃走远一点点，用什么话骂来，我们照例也就用什么话骂回去，追来时我们又很快地跑去。

那河里有鳜鱼，有鲫鱼，有小鲇鱼，钓鱼的人多向上游一点走去。隔河是一片苗人的菜园，不涨水，从跳石上过河，到菜园里去看花、买菜心吃的次数也很多。河滩上各处晒满了白布同青菜，每天还有许多妇人背了竹笼来洗衣，用木棒杵在流水中捶打，訇訇地从北城墙脚下应出回声。

天热时，到下午四点以后，满河中都是赤光光的身体。有些军人好事爱玩，还把小孩子、战马、看家的狗，同一群鸭雏，全部都带到河中来。有些人父子数人同来。大家皆在激流清水中游泳。不会游泳的便把裤子泡湿，扎紧了裤管，向水中急急地一兜，捕捉了满满的一裤空气，再用带子捆好，便成了极合用的"水马"。有了这东西，即或全不会漂浮的人，也能很勇敢地向水深处泅去。到这种人多的地方，照例不会出事故被水淹死的，一出了什么事，大家皆很勇敢地救人。

我们洗澡可常常到上游一点去。那里人既很少，水又极深，对我们才算合适。这件事自然得瞒着家中人。家中照例总为我担忧，惟恐一不小心就会为水淹死。每天下午既无法禁止我出去玩，又知道下午我不会到米厂上去同人赌骰子，那位对于管拘我侦察我十分负责的大哥，照例一到饭后我出门不久，他也总得到城外河边一趟。人多时不能从人丛中发现我，就沿河去找寻我的衣服，在每一堆衣服上来一分注意。一见到了我的衣服，一句话不说，就拿起来走去，远远地坐到大路上，等候我要穿衣时来同他会面。衣裤既然在他手上，我不能不见他了,到后只好走上岸来,从他手上把衣服取到手,两人沉沉默默地回家。回去不必说什么,只准备一顿打。可是经过两次教训后,我即或仍然在河中洗澡,也就不至于再被家中人发现了。我可以搬些石头把衣服压着,只要一看到他从城门洞边大路走来时,必有人告给我,我就快快地泅到河中去,向天仰卧,把全身泡在水中,只露出一张脸一个鼻孔来,尽岸上那一个搜索也不会得到什么结果。有些人常常同我在一处,哥哥认得他们,看到了他们时,就唤他们:

"熊澧南,印鉴远,你见我兄弟老二吗?"

那些同学便故意大声答着:

"我们不知道,你不看看衣服吗?"

"你们不正是成天在一堆胡闹吗?"

"是呀,可是现在谁知道他在哪一片天底下?"

"他不在河里吗?"

"你不看看衣服吗?不数数我们的人数吗?"

这好人便各处望望,果然不见到我的衣裤,相信我那朋友的答复不是句谎话,于是站在河边欣赏了一阵河中景致,又弯下腰拾起两个放光的贝壳,用他那双常若含泪发愁的艺术家眼睛赏鉴了一下,或坐下来取出速写簿,随意画两张河景的素描,口上嘘嘘打着唿哨,又向原来那条路上走去了。等他走去以后,我们便来模仿我这个可怜的哥哥,互相反复着前后那种答问。"熊澧南,印鉴远,看见我兄弟吗?""不知道,不知道,你自己不看看这里一共有多少衣服吗?""你们成天在一堆!""是呀!成天在一堆,可是谁知道他现在到哪儿去了呢?"于是互相浇起水来,直到另一个逃走方能完事。

有时这好人明知道我在河中,当时虽无法擒捉,回头却常常隐藏在城门边,坐在卖荞粑的苗妇人小茅棚里,很有耐心地等待着。等到我十分高兴地从大路上同几个朋友走近身时,他便风快地同一只公猫一样,从那小棚中跃出,一把攫住了我衣领。于是同行的朋友就大嚷大笑,伴送我到家门口,才自行散去。不过这种事也只有三两次,我从经验上既知道这一着棋时,进城时便常常故意慢一阵,有时且绕了极远的东门回去。

我人既长大了些,权利自然也多些了,在生活方面我的权利便是即或家中明知我下河洗了澡,只要不是当面被捉,家中可不能用爬搔皮肤方法决定我的应否受罚了。同时我的游泳自然也进步多了,我记到我能在河中来去泅过三次,至于那个名叫熊澧南的,却大约能泅过五次。

下河的事若在平常日子,多半是三点晚饭以后才去。如遇星期日，则常常几人先一天就邀好，过河上游一点棺材潭的地方去，泡一个整天，泅一阵水又摸一会儿鱼，把鱼从水中石底捉得，就用枯枝在河滩上烧来当点心。有时那一天正当附近十里长宁哨苗乡场集，就空了两只手跑到那地方去，玩一个半天。到了场上后。过卖牛处看看他们讨论价钱盟神发誓的样子，又过卖猪处看看那些大猪小猪，查看它，把后脚提起时，必锐声呼喊。又到赌场上去看看那些乡下人一只手抖抖地下注，替别人担一阵心。又到卖山货处去，用手摸摸那些豹子老虎的皮毛，且听听他们谈到猎取这野物的种种危险经验。又到卖鸡处去，欣赏欣赏那些大鸡小鸡，我们皆知道什么鸡战斗时厉害，什么鸡生蛋极多。我们且各自把那些斗鸡毛色记下来，因为这些鸡照例当天全将为城中来的兵士和商人买去，五天以后就会在城中斗鸡场出现。我们间或还可在敞坪中看苗人决斗，用扁担或双刀互相拼命。小河边到了场期，照例来了无数小船和竹筏，竹筏上且常常有长眉秀目脸儿极白奶头高肿的青年苗族女人，用绣花大衣袖掩着口笑，使人看来十分舒服。我们来回走二三十里路，各个人两只手既是空空的，因此在场上什么也不能吃。间或谁一个人身上有一两枚铜元，就到卖狗肉摊边割一块狗肉，蘸些盐水，平均分来吃吃。或者无意中谁一个人在人丛中碰着了一位亲长,被问道:"吃过点心吗?"大家正饿着,互相望了会儿,羞羞怯怯地一笑。那人知道情形了,便道:"这成吗?不喝一杯还算赶场吗?"到后自然就被拉到狗肉摊边去,切一斤两斤肥狗肉,分割成几大块,各人来那么一块,蘸了盐水往嘴上送。

机会不好不曾碰到这么一个慷慨的亲戚,我们也依然不会瘪了肚皮回家。沿路有无数人家的桃树李树,果实全把树枝压得弯弯的,等待我们去为它们减除一分负担。还有多少黄泥田里,红萝卜大得如小猪头,没有我们去吃它赞美它,便始终委屈在那深土里!除此以外路塍上无处不是莓类同野生樱桃,大道旁无处不是甜滋滋的地枇杷,无处不可得到充饥果腹的山果野莓。口渴时无处不可以随意低下头去喝水。至于茶油树上长的茶莓,则常年四季都可以随意采吃,不犯任何忌讳。即或任何东西没得吃,我们还是十分高兴,就为的是乡场中那一派空气,一阵声音,一分颜色,以及在每一处每一项生意人身上发出那一股臭味,就够使我们觉得满意,我们用各样官能吃了那么多东西,即使不再用口来吃喝也很够了。

到场上去我们还可以看各样水碾水碓,并各种形式的水车。我们必得经过好几个榨油坊,远远地就可以听到油坊中打油人唱歌的声音。一过油坊时便跑进去,看看那些堆积如山的桐子,经过些什么手续才能出油。我们只要稍稍绕一点路,还可以从一个造纸工作场过身,在那里可以看他们利用水力捣碎稻草同竹筱,用细篾帘子舀取纸浆做纸。我们又必须从一些造船的河滩上过身,有万千机会看到那些造船工匠在太阳下安置一只小船的龙骨,或把粗麻头同桐油石灰嵌进缝罅里补治旧船。

总而言之,这样玩一次,就只一次,也似乎比读半年书还有益处。若把一本好书同这种好地方尽我拣选一种,直到如今,我还觉得不必看这本弄虚作伪千篇一律用文字写成的小书,却应当去读那本色香俱备内容充实用人事写成的大书。

我不明白我为什么就学会了赌骰子。大约还是因为每早上买菜,总可剩下三五个小钱,让我有机会傍近用骰子赌输赢的糕类摊子。起始当三五个人蹲到那些戏楼下,把三粒骰子或四粒骰子或六粒骰子抓到手中,奋力向大土碗掷去,跟着它的变化喊出种种专门名词时,我真忘了自己也忘了一切。那富于变化的六骰子赌,七十二种"快""臭",一眼间我皆能很得体地喊出它的得失。谁也不能在我面前占去便宜,谁也骗不了我。自从精明这一项玩意儿以后,我家里这一早上若派我出去买菜,我就把买菜的钱去作注,同一群小无赖在一个有天棚的米厂上玩骰子,赢了钱自然全部买东西吃,若不凑巧全输掉时,就跑回来悄悄地进门找寻外祖母,从她手中把买菜的钱得到。

但这是件相当冒险的事,家中知道后可得痛打一顿,因此赌虽然赌,经常总只下一个铜子的注,赢了拿钱走去,输了也不再来,把菜少买一些,总可敷衍下去。

由于赌术精明我不大担心输赢。我倒最希望玩个半天结果无输无赢。我所担心的只是正玩得十分高兴,忽然后领一下子为一只强硬有力的瘦手攫定,一个哑哑的声音在我耳边响着:

"这一下捉到你了,这一下捉到你了!"

先是一惊,想挣扎可不成。既然捉定了,不必回头,我就明白我被谁捉住,且不必猜想,我就知道我回家去应受些什么款待。于是提了菜篮让这个仿佛生下来给我作对的人把我揪回去。这样过街可真无脸面,因此不是请求他放和平点抓着我一只手,总是趁他不注意的情形下,忽然挣脱先行跑回家去,准备他回来时受罚。

每次在这件事上我受的处罚都似乎略略过分了些,总是被一条绣花的白绸腰带缚定两手,系在空谷仓里,用鞭子打几十下，上半天不许吃饭，或是整天不许吃饭。亲戚中看到觉得十分可怜，多以为哥哥不应当这样虐待弟弟。但这样不顾脸面地去同一些乞丐赌博，给了家中多少气怄，我是不理解的。

我从那方面学会了不少下流野话，和赌博术语，在亲戚中身份似乎也就低了些。只是当十五年后，我能够用我各方面的经验写点故事时，这些粗话野话，却给了我许多帮助，增加了故事中人物的色彩和生命。

革命后本地设了女学校，我两个姐姐一同被送过女学校读书。我那时也欢喜过女学校去玩，就因为那地方有些新奇的东西。学校外边一点，有个做小鞭炮的作坊，从起始用一根细钢条，卷上了纸，送到木机上一搓，吱的一声就成了空心的小管子，再如何经过些什么手续，便成了燃放时叭的一声的小爆仗，被我看得十分熟悉。我借故去瞧姐姐时，总在那里看他们工作一会儿。我还可看他们烘焙火药，碓舂木炭，筛硫磺，配合火药的原料，因此明白制焰火用的药同制爆仗用的药，硫磺的分配分量如何不同。这些知识远比学校读的课本有用。

一到女学校时，我必跑到长廊下去，欣赏那些平时不易见到的织布机器。那些大小不一钢齿轮互相衔接，一动它时全部都转动起来，且发出一种异样陌生的声音，听来我总十分欢喜。我平时是个怕鬼的人，但为了欣赏这机器，黄昏中我还敢在那儿逗留，直到她们大声呼喊各处找寻时，我才从廊下跑出。

当我转入高小那年，正是民国五年，我们那地方为了上年受蔡锷讨袁战事的刺激，感觉军队非改革不能自存，因此本地镇守署方面，设了一个军官团。前为道尹后改成苗防屯务处方面，也设了一个将弁学校。另外还有一个教练兵士的学兵营，一个教导队。小小的城里多了四个军事学校，一切都用较新方式训练，地方因此气象一新。由于常常可以见到这类青年学生结队成排在街上走过，本地的小孩，以及一些小商人，都觉得学军事较有意思，有出息。有人与军官团一个教官做邻居的，要他在饭后课余教教小孩子，先在大街上操练，到后却借了附近由皇殿改成的军官团操场使用，不上半月便招集了一百人左右。

有同学在里面受过训练来的，精神比起别人来特别强悍，显明不同于一般同学。我们觉得奇怪。这同学就告我们一切，且问我愿不愿意去。并告我到里面后，每两月可以考选一次，配吃一份口粮作守兵战兵的，就可以补上名额当兵。在我生长那个地方，当兵不是耻辱。多久以来，文人只出了个翰林，即熊希龄,两个进士,四个拔贡。至于武人,随同曾国荃打入南京城的就出了四名提督军门,后来从日本士官学校出来的朱湘溪,还做蔡锷的参谋长,出身保定军官团的,且有一大堆。在湘西十三县似占第一位。本地的光荣原本是从过去无数男子的勇敢流血搏来的。谁都希望当兵,因为这是年轻人一条出路,也正是年轻人唯一的出路。同学说及进"技术班"时,我就答应试来问问我的母亲,看看母亲的意见,这将军的后人,是不是仍然得从步卒出身。

那时节我哥哥已过热河找寻父亲去了,我因不受拘束,生活既日益放肆,不易教管,母亲正想不出处置我的好方法,因此一来,将军后人就决定去做兵役的候补者了。

困难没有把我难倒,我还是坚持下来。

从此走上自己的路

一点回忆，一点感想

前几天，忽然有个青年来找我，中等身材，面目朴野，不待开口，我就估想他是来自我的家乡。接谈之下，果然是苗族自治州泸溪县人。来做什么？不让家中知道，考音乐学院！年纪才十九进二十，走出东车站时，情形可能恰恰和三十四五年前的我一样，抬头第一眼望望前门，"北京好大！"

北京真大。我初来时，北京还不到七十万人，现在已增加过四百万人。北京的发展象征中国的发展。真的发展应从解放算起。八年来政府不仅在市郊修了几万幢大房子，还正在把全个紫禁城内故宫几千所旧房子，作有计划翻修，油漆彩绘，要做到焕然一新。北京每一所机关、学校、工厂、研究所，新房子里每一种会议，每一张蓝图完成，每一台车床出厂，都意味着新中国在飞跃进展中。正如几年前北京市长提起过的，"新中国面貌的改变，不宜用十天半月计算，应当是一分一秒计算。"同时也让世界上人都知道，真正重视民族文化遗产，保卫民族文化遗产，只有工人阶级的共产党领导国家时，才能认真做到。北京是六亿人民祖国的心脏，脉搏跳动得正常，显示祖国整体的健康。目下全国人民，是在一个共同信仰目的下，进行生产劳作的："建设祖国，稳步走向社会主义。"面前一切困难，都必然能够克服，任何障碍，都必须加以扫除。也只有在中国共产党领导下的新中国，才做得到这样步调整齐严肃，有条不紊。

我离开家乡凤凰县已经四十年，前后曾两次回到那个小县城里去：前一次是一九三四年的年初，这一次在去年冬天。最初离开湘西时，保留在我印象中最深刻的有两件事：一是军阀残杀人民，芷江县属东乡，一个村镇上，就被土著军队用清乡名义，前后屠杀过约五千老百姓。其次是各县曾普遍栽种鸦片烟，外运时多三五百担一次。本地吸烟毒化情况，更加惊人，我住过的一个部队机关里，就有四十八盏烟灯日夜燃着。好可怕的存在！现在向小孩子说来，他们也难想象，是小说童话还是真有其事！一九三四年我初次回去时，看到的地方变化，是烟土外运已改成吗啡输出，就在桃源县上边一点某地设厂，大量生产这种毒化中国的东西。这种生财有道的经营，本地军阀不能独占，因此股东中还有提倡八德的省主席何健，远在南京的孔祥熙，和上海坐码头的流氓头子。这个毒化组织，正是旧中国统治阶级的象征。做好事毫无能力，做坏事都共同有份。

我初到北京时，正是旧军阀割据时期。军阀彼此利益矛盾，随时都可在国内某一地区火并，作成万千人民的死亡、财富的毁灭。督办大帅此伏彼起，失败后就带起二三十个姨太太和保镖马弁，向租界一跑，万事大吉。住在北京城里的统治上层，生活腐败程度也不易设想。曹锟、吴佩孚出门时，车过处必预洒黄土。当时还有八百"议员"，报纸上常讽为"猪仔"，自己倒乐意叫"罗汉"。都各有武力靠山，各有派系。由于个人或集团利害易起冲突，在议会中动武时，就用墨盒等物当成法宝，相互抛来打去。或扭打成伤，就先去医院再上法院。政府许多机关，都积年不发薪水，各自靠典押公产应付。高等学校并且多年不睬理，听之自生自灭。但是北京城内外各大饭庄和八大胡同中的妓院，却生意兴隆，经常有无数官僚、议员、阔老，在那里交际应酬，挥金如土。帝国主义者驻京使节和领事，都气焰逼人，拥有极大特权，乐意中国长处半殖民地状态中，好巩固他们的既得特别权益，并且向军阀推销军火，挑拨内战。租界上罪恶更多。社会上因之又还有一种随处可遇见的人物，或是什么洋行公司的经理、买办、科长、秘书，又或在教会做事，或在教会办的学校做事，租界使馆里当洋差……身份教育虽各不相同，基本心理情况，却或多或少有点惧外媚外，恰像是旧社会一个特别阶层，即帝国主义者处心积虑训练培养出的"伙计"！他们的职业，大都和帝国主义者发生一定联系，对外人极谄，对于本国老百姓却瞧不上眼。很多人名分上受过高等教育，其实只增长了些奴性，浅薄到以能够说话如洋人而自豪，俨然比普通人身份就高一层。有些教会大学的女生，竟以能拜寄洋干妈为得意，即以大学生而言，当时寄住各公寓的穷苦学生，有每月应缴三五元伙食宿杂费用还不易措置的。另处一些官僚、军阀、地主、买办子弟大学生，却打扮得油头粉脸，和文明戏中的拆白党小生一样，终日游荡戏院妓院，读书成绩极劣，打麻将、泡土娼，却事事高明在行，日子过得逍遥自在如城市神仙。我同乡中就有这种大学生，读书数年，回去只会唱《定军山》。社会上自然也有的是好人、好教授、专家或好学生，在那么一个社会中，却不能发挥专长，起好作用。总之，不论"大帅"或"大少"，对人民无情都完全相同，实在说来，当时统治上层，外强中干，已在腐烂解体状态中。又似乎一切都安排错了，等待人从头做起。凡受过五四运动影响，以及对苏俄十月革命成功有些认识的人，都肯定这个旧社会得重造，凡事要重新安排，人民才有好日子过，国家也才像个国家。一切的确是在重新安排中。

时间过了四十年，在中国共产党领导下，亿万人民革命火热斗争中，社会完全改变过来了。帝国主义者、军阀、官僚、地主、买办……大帅或大少，一堆肮脏垃圾，都在革命大火中烧毁了。我看到北京面目的改变，也看到中国的新生。饮水思源，让我们明白保护人民革命的成果，十分重要。中国决不能退回到过去那种黑暗、野蛮、腐败、肮脏旧式样中去。

去年冬天，因全国政协视察工作，我又有机会回到离开二十三年的家乡去看看。社会变化真大！首先即让我体会得出，凡是有一定职业的人，在他日常平凡工作中，无不感觉到工作庄严的意义，是在促进国家的工业建设，好共同完成社会主义革命。越到乡下越加容易发现这种情形。他们的工作艰苦又麻烦，信心却十分坚强。我留下的时间极短，得到的印象却深刻十分。自治州首府吉首，有一条美丽小河，连接新旧两区，巴渡船的一天到晚守在船中，把万千下乡入市的人来回渡过，自己却不声不响。我曾在河岸高处看了许久，只觉得景象动人。近来才知道弄渡船的原来是个双目失明的人。苗族自治州目下管辖十县，经常都可发现一个白发满头老年人，腰腿壮健，衣服沾满泥土，带领一群年青小伙子，长年在荒山野地里跋涉，把个小铁锤这里敲敲，那里敲敲，像是自己青春生命已完全恢复过来了，还预备把十县荒山旷野石头中的蕴藏，也一敲醒转来，好共同为社会主义服务！仅仅以凤凰县而言，南城外新发现的一个磷矿，露天开采，一年挖两万吨，挖个五十年也不会完！含量过百分之八十的好磷肥，除供给自治州各县农业合作社，将来还可大量支援洞庭湖边中国谷仓的需要。这个荒山已经沉睡了千百万年，近来却被丘振老工程师手中小锤子唤醒！不论是双目失明的渡船夫，还是七十八岁的老工程师，活得那么扎实，工作得那么起劲，是为什么？究竟是有一种什么力量在鼓舞他们，兴奋他们？可不是和亿万人民一样，已经明白自己是在当家作主，各有责任待尽，相信照着毛主席提出的方向，路一定走得对，事情一定办得好！人人都明白，"前一代的流血牺牲，是为这一代青年学习和工作，开辟了无限广阔平坦的道路，这一代的勤劳辛苦，又正是为下一代创造更加幸福美好的明天"。全中国的人民——老年、中年、壮年、青年和儿童，都活在这么一个崭新的社会中，都在努力把自己劳动，投到国家建设需要上，而对之寄托无限希望，试想想，这是一个什么样的新社会！把它和旧的种种对照对照，就知道我们想要赞美它，也只会感觉得文字不够用，认识不够深刻。哪能容许人有意来诽谤它，破坏它。

就在这么社会面貌基本变化情况下，住在北京城里和几个大都市中，却居然还有些白日做梦的妄人，想使用点"政术"，把人民成就抹杀，把领导人民的共产党的威信搞垮。利用党整风的机会，到处趁势放火。

当鸣放十分热闹时，曾有个青年学生，拿了个介绍信来找我，信上署有小翠花、张恨水和我三个人名字。说上海一家报纸要消息，以为我多年不露面，对鸣放有什么意见，尽管说，必代为写出上报鸣不平。人既来得突然，话又说得离奇，并且一个介绍信上，把这么三个毫不相干的人名放在一起，处处证明这位年青"好心人"根本不知道我是谁，现在又正在干什么。我告他，"你们恐怕弄错了人"，就说"不错不错"。又告他，"我和信上另外两位都不相熟"，就说"那是随便填上的"。一个介绍信怎么能随便填？后来告他我年来正在做丝绸研究工作，只担心工作进行得慢，怕配不上社会要求。如要写文章，也有刊物登载，自己会写，不用别人代劳，请不用记载什么吧。这一来，连身边那个照相匣子也不好打开，磨了一阵，才走去了。当时还只觉得这个青年过分热心，不问对象，有些好笑，以为我几年来不写文章，就是受了委屈，一定有许多意见憋在心里待放。料想不到我目下搞的研究，过去是不可能有人搞的，因为简直无从下手，唯有新中国才有机会来这么做，为新的中国丝绸博物馆打个基础。目下做的事情，也远比过去我写点那种不三不四小说，对国家人民有实用。现在想想，来的人也许出于一点热情，找寻火种得不到，失望而去时，说不定还要批评我一句，"落后不中用"。

我几年来在博物馆搞研究工作，得到党和人民的支持和鼓励，因为工作正是新中国人民共同事业一部分，而决不是和社会主义相违反的。新中国在建设中，需要的是扎扎实实、诚诚恳恳、为人民共同利益做事的专家知识分子，不要玩空头弄权术的政客。

我为一切年青人前途庆贺，因为不论是远来北京求学的青年，或是行将离开学校的家庭，准备到边远地区或工厂乡下从事各种生产建设的青年，你们活到今天这个崭新社会里，实在是万分幸运。我们那一代所有的痛苦，你们都不会遭遇。你们如今跟着伟大的党，来学习驾驭钢铁，征服自然，努力的成果，不仅仅是完成建设祖国的壮丽辉煌的历史任务，同时还是保卫世界和平一种巨大力量，更重要是也将鼓舞着世界上一切被压迫、争解放各民族友好团结力量日益壮大。打量做新中国接班人的青年朋友，你们常说学习不知从何学起，照我想，七十八岁丘振老工程师的工作态度和热情，正是我们共同的榜样！

一个转机

调进报馆后,我同一个印刷工头住在一间房子里。房中只有一个窗口,门小小的。隔壁是两架手摇平板印刷机,终日叽叽格格大声响着。

这印刷工头倒是个有趣味的人物。脸庞眼睛全是圆的,身个儿长长的,具有一点青年挺拔的气度。虽只是个工人,却因为在长沙地方得风气之先,由于"五四"运动的影响,成了个进步工人。他买了好些新书新杂志,削了几块白木板子,用钉子钉到墙上去,就把这些古怪东西放在上面,我从司令部搬来的字帖同诗集,却把它们放到方桌上。我们同在一个房里睡觉,同在一盏灯下做事,他看他新书时我就看我的旧书。他把印刷纸稿拿去同几个别的工人排好印出样张时,我就好好地来校对。到后自然而然我们就熟悉了。我们一熟悉,我那好向人发问的乡巴佬脾气,有机会时,必不放过那点机会。我问那本封面上有一个打赤膊人像的书是什么,他告了我是《改造》以后,我又问他那《超人》是什么东西,我还记得他那时的样子,脸庞同眼睛皆圆圆的,简直同一匹猫儿一样,"唉,伢俐,怎么个末朽?一个天下闻名的女诗人……也不知道么?""我只知道唐朝女诗人鱼玄机是个道士。""新的呢?""我知道随园女弟子。""再新一点?"我把头摇摇,不说话了。我看到他那神气我倒觉得有点害羞,我实在什么也不知道。一会儿我可就知道了,因为我顺从他的指点,看了这本书中的一篇小说。看完后我说:"这个我知道了。你那报纸是什么报纸?是老《申报》吗?"于是他一句话不说,又把刚清理好的一卷《创造周报》推到我面前来,意思好像只要我一看就会明白似的,若不看,他纵说也说不明白。看了一会儿,我记着了几个人的名字。又知道白话文与文言文不同的地方,其一落脚用"也"字同"焉"字,其一落脚却用"呀"字同"啊"字,其一写一件事情越说得少越好,其一写一件事情越说得多越好。我自己明白了这点区别以后,又去问那印刷工人，他告我的大体也差不多。当时他似乎对于我有点觉得好笑。在他眼中我真如长沙话所谓有点"朽"。

不过他似乎也很寂寞，需要有人谈天，并且向这个人表现表现思想。就告诉我白话文最要紧处是"有思想"，若无思想，不成文章。当时我不明白什么是思想，觉得十分忸怩。若猜得着十年后我写了些文章，被一些连看我文章上所说的话语意思也不懂的批评家，胡乱来批评我文章"没有思想"时，我既不懂"思想"是什么意思，当时似乎也就不必怎样惭愧了。

这印刷工人使我很感谢他，因为若没有他的一些新书，我虽时时刻刻为人生现象自然现象所神往倾心，却不知道为新的人生智慧光辉而倾心。我从那儿知道了些新的、正在另一片土地同一日头所照及的地方的人，如何去用他们的脑子，对于目前社会作一度检讨与批判，又如何幻想一个未来社会的标准与轮廓。他们那么热心在人类行为上找寻错误处，发现合理处，我初初注意到时，真发生不少反感！可是，为时不久，我便被这些大小书本征服了。我对于新书投了降，不再看《花间集》，不再写《曹娥碑》，却欢喜看《新潮》《改造》了。

我记下了许多新人物的名字，好像这些人同我都非常熟悉。我崇拜他们，觉得比任何人还值得崇拜。我总觉得稀奇，他们为什么知道事情那么多。一动起手来就写了那么多,并且写得那么好。

为了读过些新书,知识同权力相比,我愿意得到智慧,放下权力。我明白人活到社会里应当有许多事情可做,应当为现在的别人去设想,为未来的人类去设想,应当如何去思索生活,且应当如何去为大多数人牺牲,为自己一点点理想受苦,不能随便马虎过日子,不能委屈过日子了。

我常常看到报纸上普通新闻栏说的卖报童子读书、补锅匠捐款兴学等记载,便想,自己读书既毫无机会,捐款兴学倒必须做到。有一次得了十天的薪饷,就全部买了邮票,封进一个信封里,另外又写了一张信笺,说明自己捐款兴学的意思。末尾署名"隐名兵士",悄悄把信寄到上海《民国日报·觉悟》编辑处去,请求转交"工读团"。做过这件事情后,心中有说不出的秘密愉快。

那时皮工厂、帽工厂、被服厂、修械厂组织就绪已多日,各部分皆有了大规模的标准出品。师范讲习所第一班已将近毕业,中学校、女学校、模范学校全已在极有条理情形中上课。我一面在校对职务上做我的事情,一面向那印刷工人问些下面的情形,一面就常常到各处去欣赏那些我从不见到过的东西。

-155

修械处的长大车床与各种大小轮轴,被一条在空中的皮带拖着飞跃活动,从我眼中看来实在是一种壮观。其他各个工厂亦无事不触目惊人。尚有学校,那些从各处派来的青年学生,在一般年轻教师指导下,无事无物不在新的情形中,那份活动实在使我十分羡慕。我无事情可做时,总常常去看他们上课,看他们打球。学生中有些原来和我在小学时节一堆玩过闹过的,把我请到他们宿舍去,看看他们那样过日子,我便有点难受。我能聊以自解的只一件事,就是我正在为国家服务,却已把服务所得,做了一次捐资兴学的伟大事业。

本军既多了一些税收,乡长会议复决定了发行钞票的议案,金融集中到本市,因此本地顿呈现空前的繁荣。为了乡自治的决议案,各县皆摊款筹办各种学校,同时造就师资,又决定了派送学生出省或本省学习的办法。凡学棉业、蚕桑、机械、师范以及其他适于建设的学生,在相当考试下,皆可由公家补助外出就学。若愿入本省军官学校,人既在本部任职,只要有意思前去,即可临时改委一少尉衔送去。我想想,我也得学一样切实的技能,好来为本军服务。可是我应当学什么能够学什么,完全不知道。

因为部中的文件缮写,需要我处似乎比报纸较多,我不久又被调了回去，仍然做我的书记。过了不久，一场热病袭到了身上，在高热糊涂中任何食物不入口，头痛得像斧劈，鼻血一碗一摊地流。我支持了四十天。感谢一切过去的生活，造就我这个结实的体魄，没有被这场大病把生命取去。但危险期刚过不久，平时结实得同一只猛虎一样的老同学陆弢，为了同一个朋友争口气，泅过宽约一里的河中，却在小小疏忽中被洄流卷下淹死了。第四天后把他死尸从水面拖起，我去收拾他的尸骸掩埋，看见那个臃肿样子时，我发生了对自己的疑问。我病死或淹死或到外边去饿死，有什么不同？若前些日子病死了，连许多没有看过的东西都不能见到，许多不曾到过的地方也无从走去，真无意思。我知道见到的实在太少，应知道应见到的可太多，怎么办？

我想我得进一个学校，去学些我不明白的问题，得向些新地方，去看些听些使我耳目一新的世界。我闷闷沉沉地躺在床上，在水边，在山头，在大厨房同马房，我痴呆想了整四天，谁也不商量，自己很秘密地想了四天。到后得到一个结论了，那么打量着："好坏我总有一天得死去，多见几个新鲜日头，多过几个新鲜的桥，在一些危险中使尽最后一点气力，咽下最后一口气，比较在这儿病死或无意中为流弹打死，似乎应当有意思些。"到后我便这样决定了:"尽管向更远处走去,向一个生疏世界走去,把自己生命押上去,赌一注看看,看看我自己来支配一下自己,比让命运来处置我更合理一点呢还是更糟糕一点?若好,一切有办法,一切今天不能解决明天可望解决,那我赢了;若不好,向一个陌生地方跑去,我终于有一时节肚子瘪瘪地倒在人家空房下阴沟边,那我输了。"

我准备到北京读书,读书不成便做一个警察;做警察也不成,那就认了输,不再作别的好打算了。

当我把这点意见,这样打算,怯怯地同我上司说及时,感谢他,尽我拿了三个月的薪水以外,还给了我一种鼓励。临走时他说:"你到那儿去看看,能进什么学校,一年两年可以毕业,这里给你寄钱来。情形不合,你想回来,这里仍然有你吃饭的地方。"我于是就拿了他写给我的一个手谕,向军需处取了二十七块钱,连同他给我的一分勇气,离开了我那个学校,从湖南到汉口,从汉口到郑州,从郑州转徐州,从徐州又转天津,十九天后,提了一卷行李,出了北京前门的车站,呆头呆脑在车站前面广坪中站了一会儿。走来一个拉排车的,高个子,一看情形知道我是乡巴佬,就告给我可以坐他的排车到我所要到的地方去。我相信了他的建议,把自己那点简单行李,同一个瘦小的身体,搁到那排车上去,很可笑地让这运货排车把我拖进了北京西河沿一家小客店,在旅客簿上写下——

沈从文,年二十岁,学生,湖南凤凰县人

便开始进到一个使我永远无从毕业的学校,来学那课永远学不尽的人生了。

学历史的地方

从川东回湘西后,我的缮写能力得到了一方面的认识,我在那个治军有方的统领官身边做书记了。薪饷仍然每月九元,却住在一个山上高处单独新房子里。那地方是本军的会议室,有什么会议需要记录时,机要秘书不在场,间或便应归我担任。这份生活实在是我一个转机,使我对于全个历史各时代各方面的光辉,得了一个从容机会去认识,去接近。原来这房中放了四五个大楠木橱柜,大橱里约有百来轴自宋及明清的旧画,与几十件铜器及古瓷,还有十来箱书籍,一大批碑帖,不多久且来了一部《四部丛刊》。这统领官既是个以王守仁、曾国藩自许的军人,每个日子治学的时间,似乎便同治事时间相等，每遇取书或抄录书中某一段时，必令我去替他做好。那些书籍既各得安置在一个固定地方，书籍外边又必须作一识别，故二十四个书箱的表面，书籍的次序，全由我去安排。旧画与古董登记时，我又得知道这一幅画的人名时代同他当时的地位，或器物名称同它的用处。由于应用，我同时就学会了许多知识。又由于习染，我成天翻来翻去，把那些旧书大部分也慢慢地看懂了。

我的事情那时已经比我在参谋处服务时忙了些，任何时节都有事做。我虽可随时离开那会议室，自由自在到别一个地方去玩，但正当玩得十分畅快时，也会为一个差弁找回去的。军队中既常有急电或别的公文，在半夜时送来，回文如须即刻抄写时，我就随时得起床做事。但正因为把我仿佛关闭到这一个房子里，不便自由离开，把我一部分玩的时间皆加入到生活中来，日子一长，我便显得过于清闲了。因此无事可做时，把那些旧画一轴一轴地取出，挂到壁间独自来鉴赏，或翻开《西清古鉴》《薛氏彝器钟鼎款识》这一类书，努力去从文字与形体上认识房中铜器的名称和价值，再去乱翻那些书籍。一部书若不知道作者是什么时代的人时，便去翻《四库提要》。这就是说，我从这方面对于这个民族在一段长长的年份中，用一片颜色，一把线，一块青铜或一堆泥土，以及一组文字，加上自己生命做成的种种艺术，皆得了一个初步普遍的认识。由于这点初步知识，使一个以鉴赏人类生活与自然现象为生的乡下人，进而对于人类智慧光辉的领会，发生了极宽泛而深切的兴味。若说这是个人的幸运，这点幸运是不得不感谢那个统领官的。

那军官的文稿，草字极不容易认识，我就从他那手稿上，望文会义地认识了不少新字。但使我很感动的，影响到一生工作的，却是他那种稀有的精神和人格。天未亮时起身，半夜里还不睡觉。任什么事他明白，任什么他懂。他自奉常常同个下级军官一样。在某一方面来说，他还天真烂漫，什么是好的他就去学习，去理解。处置一切他总敏捷稳重。由于他那份稀奇精力，筸军在湘西二十年来博取了最好的名誉，内部团结得如一片坚硬的铁，一束不可分离的丝。

到了这时我性格也似乎稍变了些，我表面生活的变更，还不如内部精神生活变动的剧烈。但在行为方面，我已经同一些老同事稍稍疏远了。有时我到屋后高山去玩玩，有时又走近那可爱的河水玩玩，总拿了一本线装书。我所读的一些旧书，差不多就完全是这段时间中奠基的。我常常躺在一片草场上看书，看厌倦时，便把视线从书本移开，看白云在空中移动，看河水中缓缓流去的菜叶。既多读了些书，把感情弄柔和了许多，接近自然时感觉也稍稍不同了。加之人又长大了一点，也间或有些不安于现实的打算，为一些过去了的或未来的东西所苦恼，因此，生活虽在一种极有希望的情况中过着日子，我却觉得异常寂寞。

我需要几个朋友，那些老朋友却不能同我谈话。我要的是个听我陈述一份酝酿在心中十分混乱的感情。我要的是对于这种感情的启发与疏解，熟人中可没有这种人。可是不久却有个人来了，是我一个姨父。这人姓聂，与熊希龄同科的进士。上一次从桃源同我搭船上行的表弟便是他的儿子。这人是那统领官的先生，一来时被接待住在对河一个庙里，地名狮子洞。为人知识极博，而且非常有趣味，我便常常过河去听他谈"宋元哲学"，谈"大乘"，谈"因明"，谈"进化论"，谈一切我所不知道却愿意知道的种种问题。这种谈话显然也使他十分快乐，因此，每次所谈时间总很长很久。但这么一来，我的幻想更宽，寂寞也就更大了。

我总仿佛不知道应怎么办就更适当一点。我总觉得有一个目的，一件事业，让我去做，这事情是合于我的个性，且合于我的生活的。但我不明白这是什么事业，又不知用什么方法即可得来。

当时的情形，在老朋友中只觉得我古怪一点，老朋友同我玩时也不大玩得起劲了。觉得我不古怪，且互相有很好的友谊的，只四个人：一个满振先，读过《曾文正公全集》，只想做模范军人。一个陆弢，侠客的崇拜者。一个田杰，就是我小时候在技术班的同学，第一次得过兵役名额的美术学校学生，心怀大志的角色。这三个人当年纪轻轻的时节，便一同徒步从黔省到过云南，又徒步过广东，又向西从宜昌徒步直抵成都。还有一个回教徒郑子参，从小便和我在小学里同学，我在参谋处办事时节，便同他在一个房子里住下。平常人说的多是幼有大志，投笔从戎，我们当时却多是从戎而无法投笔的人。我们总以为这目前一份生活不是我们的生活。目前太平凡，太平安。我们要冒点险去做一件事。不管所做的是一件如何小事，当我们未明白以前，总得让我们去挑选。不管到头来如何不幸，我们总不埋怨这命运。因此到后来姓陆的就因泗水淹毙在当地大河里。姓满的做了小军官，广西、江西各处打仗，民国十八年在桃源县被捷克式自动步枪打死了。姓郑的黄埔第四期毕业，在东江作战以后，也消失了。姓田的从军官学校毕业做了连长，现在还是连长。我就成了如今的我。

我们部队既派遣了一个部队过川东做客，本军又多了一个税收局卡，给养就充足了些。那时候军阀间暂时休战，"联省自治"的口号喊得极响，"兵工筑路垦荒"，"办学校"，"兴实业"，几个题目正给许多人在京、沪及各省报纸上讨论。那个统领官既力图自强，想为地方做点事情，因此地方就骤然有了一种崭新的气象。此外还筹备了个定期刊物，置办了一部大印报机，设立了一个报馆。这报馆首先印行的便是《乡治条例》与各种规程。文件大部分由那统领官亲手草成，乡代表审定通过，由我在石印纸上用胶墨写过一次。现在既得用铅字印行，一个最合理想的校对，便应当是我了。我于是暂时调到新报馆做了校对。部中有文件抄写时，便又转回部中。从市街走两地相距约两里，从后山走稍近，我为了方便时常从那埋葬小孩坟墓上蹲满野狗的山地走过，每次总携了一个大棒。

我的写作与水的关系

在我一个自传里,我曾经提到过水给我的种种印象。檐溜,小小的河流,汪洋万顷的大海,莫不对于我有过极大的帮助。我学会用小小脑子去思索一切,全亏得是水。我对于宇宙认识得深一点,也亏得是水。

"孤独一点,在你缺少一切的时节,你就会发现原来还有个你自己。"这是一句真话。我有我自己的生活与思想,可以说是皆从孤独得来的。我的教育,也是从孤独中得来的。然而这点孤独,与水不能分开。

年纪六岁七岁时节,私塾在我看来实在是个最无意思的地方。我不能忍受那个逼窄的天地,无论如何总得想出方法到学校以外的日光下去生活。大六月里与一些同街比邻的坏小子，把书篮用草标各作下了一个记号，搁在本街土地堂的木偶身背后，就撒着手与他们到城外去，攒入高可及身的禾林里，捕捉禾穗上的蚱蜢，虽肩背为烈日所烤炙，也毫不在意。耳朵中只听到各处蚱蜢振翅的声音，全个心思只顾去追逐那种绿色黄色跳跃灵便的小生物。到后看看所得来的东西已尽够一顿午餐了，方到河滩边去洗净，拾些干草枯枝，用野火来烧烤蚱蜢，把这些东西当饭吃。直到这些小生物完全吃尽后，大家于是脱光了身子，用大石压着衣裤，各自从悬崖高处向河水中跃去。就这样泡在河水里，一直到晚方回家去，挨一顿不可避免的痛打。有时正在绿油油禾田中活动，有时正泡在水里，六月里照例的行雨来了，大的雨点夹着吓人的霹雳同时来到，各人匆匆忙忙逃到路坎旁废碾坊下或大树下去躲避。雨落得久一点，一时不能停止，我必一面望着河面的水泡，或树枝上反光的叶片，想起许多事情。所捉的鱼逃了，所有的衣湿了，河面溜走的水蛇，钉固在大腿上的蚂蟥，碾坊里的母黄狗，挂在转动不已大水车上起花的人肠子……因为雨，制止了我身体的活动，心中便把一切看见的经过的皆记忆温习起来了。

也是同样的逃学，有时阴雨天气，不能向河边走去，我便上山或到庙里去，在庙前庙后树林或竹林里，爬上了这一株，到上面玩玩后，又溜下来爬另外一株。若所爬的是竹子，必在上面摇荡一会儿，爬的是树木，便看看上面有无鸟巢或啄木鸟孵卵的孔穴。雨落大了，再不能做这种游戏时，就坐在楠木树下或庙门前石阶上看雨。既还不是回家的时候，一面看雨一面自然就需要温习那些过去的经验，这个日子才能发遣开去。雨落得越长，人也就越寂寞。在这时节想到一切好处也必想到一切坏处。那么大的雨，回家去说不定还得全身弄湿，不由得有点害怕起来，不敢再想了。我于是走到庙廊下去为做丝线的人牵丝，为制棕绳的人摇绳车。这些地方每天照例有这种工人做工，而且这种工人照例又还是我很熟悉的人。也就因为这种雨，无从掩饰我的劣行，回到家中时，我便更容易被罚跪在仓屋中。在那间空洞寂寞的仓屋里，听着外面檐溜滴沥声，我的想象力却更有了一种很好的训练机会。我得用回想与幻想补充我所缺少的饮食，安慰我所得到的痛苦。我因恐怖得去想一些不使我再恐怖的生活，我因孤寂又得去想一些热闹事情方不至于过分孤寂。

到十五岁以后，我的生活同一条辰河无从离开，我在那条河流边住下的日子约五年。这一大堆日子中我差不多无日不与河水发生关系。走长路皆得住宿到桥边与渡头，值得回忆的哀乐人事常是湿的。至少我还有十分之一的时间，是在那条河水正流与支流各样船只上消磨的。从汤汤流水上，我明白了多少人事，学会了多少知识，见过了多少世界！我的想象是在这条河水上扩大的。我把过去生活加以温习，或对未来生活有何安排时，必依赖这一条河水。这条河水有多少次差一点儿把我攫去，又幸亏它的流动，帮助我做着那种横海扬帆的远梦，方使我能够依然好好地在人世中过着日子！

再过五年，我手中的一支笔，居然已能够尽我自由运用了。我虽离开了那条河流，我所写的故事，却多数是水边的故事。故事中我所最满意的文章，常用船上水上作为背景。我故事中人物的性格，全为我在水边船上所见到的人物性格。我文字中一点忧郁气氛，便因为被过去十五年前南方的阴雨天气影响而来。我文字风格，假若还有些值得注意处，那只因为我记得水上人的言语太多了。

再过五年后，我的住处已由干燥的北京移到一个明朗华丽的海边。海既那么宽泛无涯无际，我对人生远景凝眸的机会便较多了些。海边既那么寂寞，它培养了我的孤独心情。海放大了我的感情与希望，且放大了我的人格。

谈创作

有人问我"怎么会'写创作'？"这可是一个窘人的题目。想了很久，我方能说出一句话，我说："因为他先'懂创作'。"问的于是也仿佛受了点儿窘，便走开了。

等待到这个很诚实的年青人走后，我就思索我自己所下的那个字眼儿的分量。我想明白什么是"懂创作"，老实说，我得先弄明白一点，将来也省得窘人以后自己受窘。

就一般说来，大家读了许多书，或许记忆好些名著，还能把某一书里边最精彩的一页，背诵如流，但这个人却并不是个懂创作的人。有些人会做得出动人的批评，把很好的文章说得极坏，把极坏的文章说得很好，但也不能称为懂创作的人。一个懂创作的人,他应当看许多书,但并不须记忆一段两段书。他不必会作批评文字,每一个作品在他心中却有一个数目。他最要紧的是从无数小说中,明白如何写就可以成为小说,且明白一个小说许可他怎么样写。起始,结果,中间的铺叙,他口上并不能为人说出某一本书所用的方法极佳,但他知道有无数方法。他从一堆小说中知道说一个故事时处置故事的得失,他从无数话语中弄明白了说一句话时那种语气的轻重。他明白组织各种故事的方法,他明白文字的分量。是的,他最应当明白的是文字的分量。同时凡每一句话,每一个标点,他皆能拣选轻重得当的去使用。为了自己想弄明白文字的分量,他得在记忆里收藏了一大堆单字单句。他这点积蓄,是他平时处处用心,从眼睛里从耳朵里装进去的。平常人看一本书,只忆记那本书故事的好坏,他不记忆故事。故事多容易,一个会创作的人,故事要它如何就如何,把一只狗写得比人还懂事,把一个人写得比石头还笨,都太容易了。一个作者看一本书,他留心的只是这本书如何写下去,写到某一件事,提到某一点气候同某一个人的感觉时,他使用了些什么文字去说明。他简单处简单到什么程度,相反地,复杂时又复杂到什么程度。他所说的这个故事,所用的一组文字,是不是合理的?……他有思想,有主张,他又如何去表现他这点思想主张?

一个创作者在那么情形下看各种各样的书,他一面看书,一面就在那里学习体验那本书上的一切人生。放下了书本,他便去想。走出门外去,他又仍然与看书同样的安静,同样的发生兴味,去看万汇百物在一分习惯下所发生的一切。他并不学画,他所选择的人事,常如一幅凸出的人生活动画图,与画家所注意的相暗合。他把一切官能很贪婪地去接近那些小事情,去称量那些小事情在另外一种人心中所有的分量,也如同他看书时称量文字一样。他欢喜一切,就因为当他接近他们时,他已忘了还有自己的本身存在,经常在一种忘我情形中。

简单说来,便是他能在书本上发痴,在一切人事上同样也能发痴。他从说明人生的书本上,养成了对于人生一切现象注意的兴味,再用对于实际人生体验的知识,来评判一个作品记录人生的得失。他再让一堆日子在眼前过去,慢慢地,他懂创作了。

目下有若干作家如何会写得出小说,他自己也就说不明白。但旁人可以看明白的,就是这些人一切作品,皆常常浮在人事表面上,受不了时间的选择。不管写了一堆作品或一篇作品,不管如何善于运用作品以外的机会,很下流地造点文坛消息为自己说说话，不管如何聪敏伶巧地把自己作品押在一个较有利益的注上去，还是不成。在文字形式上，故事形式上，人生形式上，所知道得都太少了。写自己就极缺少那点所必需的能力。未写以前就不曾很客观地来学习过认识自己，分析自己，批评自己。多数作家的思想都太容易转变了，对自己的工作实缺少了一点严格的批评，反省。从这样看来，无好成绩是很自然的。

我自己呢，是若干作者中之一人，还应当去学，还应当学许多。不希望自己比谁聪明，只希望自己比别人勤快一点，耐烦一点。

学习写作

××先生：××兄转来你的信和文章，我已收到。文章我想带下乡去看，再告你读后感。关于升学事，我觉得对"写作"用处并不多。因照目前大学制度和传统习惯，国文系学的大部分是考证研究，重在章句训诂，基本知识的获得，连欣赏古典都谈不上，哪能说到写作。这里虽照北方传统，学校中有那么一课，照教育部规定，还得必修六个学分，名叫"各体文习作"，其实是和"写作"不相干的，应个景儿罢了。写作在大学校认为"学术"，去事实还远，联大这个课程，就中有四个学分由我担任，计二年级选两学分，三四年级选两学分，可是我能够做到的事，还不过是为全班学生中三两个真有写作兴趣的朋友打打气而已。我可教的只是解释近二十年来作家使用这个工具的"过去",有了些什么成就,经过些什么挣扎,战胜了多少困难,给肯继续拿笔的一点勇气和信心。涉于写作技术问题,只要改改卷子,这种事与真正写作实隔一层,是不会对同学有何特别好处的。我对于这个问题的看法,总以为需要许多人肯在这个工作上将"生命来投资",超越大学校的"学术"价值,和社会上流行的"文化"价值,从一个谦虚而谨慎学习并试验态度上,写个三十年,不问成败得失写个三四十年,再让时间来检选,方可望看得出谁有贡献,有作用,能给新中国文学史留点比较像样的东西。若是真有值得可学处,就只是这种老实态度,和这点书呆子看法,别的其实是不足道的!所以你如为别的理想升学,我赞同你考。如为写作理想,还是不用升学好。如打量写作,与其升学,把自己关在一个窄窄学校中,学些空空洞洞的东西,倒不如想办法将生活改成为一个"新闻记者",从社会那本大书来好好地学一学人生,看看生命有多少形式,生活有多少形式。一面翻读这本大书,到处去跑,跑到各式各样不同社会生活中明白一切,恋爱、发疯、冒险……一面掉转头来再又去拼命读各种各样的书,用文字写来的书,两相对照一下,"人生"究竟是怎么回事,实际与抽象相去多远。明白较多后,再又不怕失败来写各式各样文章,换言之,即好好地有计划地来使用这个短促生命!(你不用也是留不住的!)永远不灰心,永远充满热情去生活、读书、写作,三五年后一成习惯,你就会从这个习惯看出自己生命的力量,对生存自信心、工作自信心增加了不少,所等待的便只是用成绩去和社会对面和历史对面了。这也正是一种战争!因为说来容易做来并不十分容易的。说不定步步都有障碍,要通过多少人事辛酸,慢慢地修正自己弱点,培养那个忍受力、适应力,以及脑子的张力(为哀乐得失而不可免的兴奋与挫折),且慢慢让时间取去你那点青春生命之火。经过这个试验,于是你生命接近成熟了,情感比较稳定了,脑子可以自由运用,一支笔更容易为脑子而运用了,你会在写作上得到另外一种快乐,一点信心,即如何用人事为题目,来写二十世纪新的"经典"的快乐和信心。你将自然而然超越了普通人的习惯心与眼,来认识一切现象,解释一切现象,而且在作品中注入一点什么,或者是对人生的悲悯,或者是人生的梦。总而言之,你的作品可能慢慢地成为读者经典,不拘用的是娱乐方式或教育方式,都能使他生命"深"一点,也可能使他生存"强"一点。引起他的烦乱,不安于"当前",对"未来"有所倾心。激发他"向上""向前""向不可知"注意,煽起他重新做人的兴趣和勇气。……如此或如彼,总决不会使一个读者因此而堕落的!写恋爱或写战争,写他人或你自己,内容尽管不同,却将发生同一影响,引带此一时或彼一时读者体会到生命更庄严的意义,即"神在生命本体中"。两千年来经典的形式,多用格言来表现抽象原则。这些经典或已失去了意义,或已不合应用。明日的新的经典,既为人而预备,很可能是要用"人事"来作说明的。这种文学观如果在当前别人看来是"笑话",在一个作者,却应当把它当成一种"信仰"。你自己不缺少这种信仰,才可望将作品浸透读者的情感,使读者得到另外一种信仰,"一切奇迹都出于神,这由于我们过去的无知。新的奇迹出于人,国家重建社会重造全在乎人的意志。"

我怎么就写起小说来

我生于一九零二年,去太平天国革命还不多远,同乡刘军门从南京抢回的一个某王妃做姨太太还健在。离庚子事变只两年,我的父亲是在当时守大沽口的罗提督身边做一名小将。因此小时候还有机会听到老祖母辈讲"长毛造反官兵屠城"的故事,听我父亲讲华北人民反帝斗争的壮烈活动和凄惨遭遇。随后又亲眼见过"辛亥革命"在本县的种种。本地人民革命规模虽不怎么大,但给我印象却十分现实,眼见参加攻城的苗族农民,在革命失败后,从四乡捉来有上千人死亡,大量血尸躺在城外对河河滩上。到后光复胜利,旧日皇殿改成陆军讲武堂,最大一座偶像终于被人民推翻了。不多久,又眼见蔡锷为反对袁世凯做皇帝，由云南起义率军到湘西麻阳芷江一带作战，随后袁世凯也倒了……这些事件给我留下那么一个总印象，这个世界是在"动"中，地球在"动"，人心也在"动"，并非固定不移，一切必然向合理前进发展。衙门里的官，庙宇中的菩萨，以至于私塾中竖起焦黄胡子，狠狠用南竹板子打小学生屁股的老师，行为意图都是努力在维持那个"常"，照他们说是"纲常"，万古不废的社会制度和人的关系，可是照例维持不住。历史在发展，人的思想情感在发展，一切还是要"动"和"变"。试从我自己说起，我前后换了四个私塾，一个比一个严，但是即使当时老师板子打得再重些，也还要乘机逃学，因为塾中大小书本过于陈旧，外面世界却尽广阔而新鲜！于是我照例常常把书篮寄存到一个土地堂的土地菩萨身后，托他照管，却撒脚撒手跑到十里八里远乡场上去看牛马牲口交易，看摆渡和打铁，看打鱼榨油和其他种种玩意儿，从生活中学到的永远比从旧书本子学的，既有趣味又切实有用得多。随后又转入地方高小，总觉得那些教科书和生活现实还是距离极大。学校中用豌豆做的手工，就远不如大伙到河边去帮人扳罾磨豆腐有意思。因此勉强维持到县里高小毕业，还是以野孩子身份，离开了家，闯入一个广大而陌生的社会里，让生活人事上的风吹雨打，去自谋生存了。

　　初初离开了家，我怎么能活下来？而且在许许多多可怕意外变故中，万千同乡同事都死去后，居然还能活下来，终于由这个生活教育基础上，到后且成为一个小说作者？在我写的那个自传上，曾老老实实记下了一些节目。其实详细经过、情形却远比狄更斯写的自传式小说还离奇复杂得多。由于我们所处的时代社会，也离奇复杂得多。这里且说说我飘荡了几年后，寄住在一个土著小小军阀部队中，每天必待人开饭后，才趑趄走拢去把桌上残余收拾扫荡，每晚在人睡定后，才悄悄睡下去，拉着同乡一截被角盖住腹部免得受凉。经过约半年光景，到后算是有了一个固定司书名分了。

　　一九一九年左右，我正在这个官军为名、土匪为实的土军阀部队里，做一名月薪五元六毛的司书生。这个部队大约有一百连直辖部队，和另外几个临时依附收编的特种营旅，分布于川湘鄂边境现属湘西土家族苗族自治州十多县境内。另外，自治州以外的麻阳、沅陵、辰溪、桃源，以及短时期内西阳、秀山、龙潭也属防军范围。统归一个"清乡剿匪总司令"率领。其实说来，这一位司令就是个大土匪。部队开支省府照例管不着，得自己解决，除所属各县水陆百货厘金税款，主要是靠抽收湘西十三县烟土税、烟灯税、烟亩税、烟苗税和川黔烟帮过境税。鸦片烟土在这个地区既可代替货币流行，也可代替粮食。平时发饷常用烟土，官士赌博、上下纳贿送礼全用烟土。烟土过境经常达八百挑一千挑，得用一团武装部队护送，免出事故。许多二十多岁年青人，对烟土好坏，只需手捏捏鼻闻闻，即能决定产地和成分。我所在的办公处，是保靖旧参将衙门一个偏院，算是总部书记处，大小六十四个书记，住在一个大房间中，就地为营，便有四十八盏烟灯，在各个床铺间燃起荧荧碧焰，日夜不熄。此外由传达处直到司令部办公厅，例如军需、庶务、军械、军医、参谋、参军、副官、译电等处，不拘任何一个地方，都可发现这种大小不一的烟灯群。军械和军需处，经常堆积满房的，不是什么弹药和武器装备，却是包扎停当等待外运的烟土。一切简直是个毒化国家毒化人民的小型地狱，但是他们存在的名分，却是为人民"清乡剿匪，除暴安良"。被杀的人绝大部分是十分善良或意图反抗这种统治的老百姓！

我就在这样一个部队中工作和生活。每天在那个有四十八盏鸦片烟灯的大厅中，一个白木办公桌前，用小"绿颖"毛笔写催烟款查烟苗的命令，给那些分布于各县的一百连杂牌队

_181

伍，和许许多多委员、局长、督查、县知事。因为是新来人，按规矩工作也得吃重点。那些绝顶聪敏同事，就用种种理由把工作推给我，他们自己却从从容容去吸烟、玩牌、摆龙门阵。我常常一面低头写字，一面听各个床铺间嘘嘘吸烟声音，和同事间谈狐说鬼故事，心中却漩起一种复杂离奇不可解感情。似乎陷入一个完全孤立情况中，可是生活起居又始终得和他们一道，而且称哥唤弟。只觉得好像做梦一样，可分明不是梦。

但一走出这个大衙门，到山上和河边去，自然环境却惊人美丽，使我在这种自然环境中，倒极自然把许多种梦想反而当成现实，来抵抗面前另外一种腐烂怕人的环境。

"难道世界上还有比这些人更奇怪的存在？书上也没有过，这怎么活得下去？"

事实上当时这些老爷或师爷，却都还以为日子过得怪好的。很多人对于吸大烟，即认为是一种人生最高的享受。譬如我那位顶头上司书记长，还是个优级师范毕业生，本地人称为"洋秀才"，读过大陆杂志和老申报，懂得许多新名词的，就常常把对准火口的烟枪暂时挪开，向我进行宣传：

"老弟，你来吸一口试试吧。这个妙，妙，妙！你只想想看，天下无论吃什么东西都得坐下来吃，只有这个宝贝是睡下来享受，多方便！好聪敏的发明，我若做总统，一定要给他个头等文虎章！"

有时见我工作过久，还充满亲切好意，夹杂着一点轻微嘲笑和自嘲，举起烟枪对我殷勤劝驾：

"小老弟，你这样子简直是想做圣贤，不成的！事情累了半天，还是来唆一口吧。这个家伙妙得很！只要一口半口，我保你精精神神，和吃人参果一样。你怕什么？看看这房里四十八盏灯，不是日夜燃着，哥子弟兄们百病不生！在我们这个地方，只能做神仙，不用学圣贤——圣贤没用处。人应当遇事随和，不能太拘于古板。你担心上瘾，哪里会？我吸了二十年，想戒就戒，决不上瘾。不过话说回来，司令官如果要下令缴我这枝老枪，我可坚决不缴，一定要拿它战斗到底。老弟，你可明白我意思？为的是光吸这个，百病痊愈，一天不吸，什么老病不用邀请通回来了。拿了枪就放不下。老弟你一定不唆，我就又有偏了！"

我因为平时口拙，不会应对，不知如何来回答这个上司好意，照例只是笑笑。他既然说明白我做圣贤本意是一个"迂"字，说到烟的好处又前后矛盾，我更不好如何分辨了。

其实当时我并不想做什么"圣贤"。这两个字和生活环境毫无关联。倒乐意做个"诗人",用诗来表现个人思想情感。因为正在学写五七言旧诗,手边有部石印唐人诗选,上面有李白、杜甫、元稹、白居易、高适、岑参等人作品。杜甫诗的内容和白居易诗的表现方法,我比较容易理解,就学他们押韵填字。我手中能自由调遣的文字实在有限,大部分还是在私塾中读"云对雨,雪对风,晚照对晴空"记来的,年龄又还不成熟到能够显明讽刺诅咒所处社会环境中,十分可恶可怕的残忍、腐败、堕落、愚蠢的人和事,生活情况更不能正面触及眼面前一堆实际问题。虽没有觉得这些人生活可羡,可还不曾想到另外什么一种人可学。写诗主要可说,只是处理个人一种青年朦胧期待发展的混乱感情。常觉得大家这么过日子下去,究竟为的是什么?实在难于理解。难道辛亥革命就是这么地革下去?

在书记处六十四个同事中,我年纪特别小,幻想却似乎特别多。《聊斋志异》《镜花缘》《奇门遁甲》这些书都扩大了我幻想的范围。最有影响的自然还是另外一些事物。我眼看到因清乡杀戮过大几千农民,部分是被压迫铤而走险上山落草的,部分却是始终手足贴近土地的善良农民,他们的死只是由于善良。有些人被杀死家被焚烧后,还牵了那人家耕牛,要那些小孩子把家长头颅挑进营中一齐献俘。我想不出这些做官的有道理或有权力这么做。一切在习惯下存在的我认为实不大合理。但是我并没有意识到去反抗或否认这一切。我明白同事中说的"做圣贤"不过是一种讽刺，换句明白易懂话说就是"书呆子气"，但还是越来越发展了这种书呆子气。最明显的即是越来越和同事缺少共同语言和感情。另一方面却是分上工作格外多，格外重，还是甘心情愿不声不响做下去。我得承认，有个职业才能不至于倒下去。当时那个职业，还是经过半年失业才得来的！

其时有许多同事同乡，年纪还不过二十来岁，因为吸烟，都被烟毒熏透，瘦得如一只"烟腊狗"一样，一个个终日摊在床铺上。日常要睡到上午十一点多，有的到下午二三点，才勉强从床上爬起来，还一面大打哈欠，一面用鼻音骂小护兵买点心不在行。起床后，大家就争着找据点，一排排蹲在廊檐下阶沿间刷牙，随后开饭，有的每顿还得喝二两烧酒，要用烧腊香肠下酒。饭后就起始过瘾。可是这些老乡半夜里过足瘾时，却精神虎虎，潇洒活泼简直如吕洞宾！有些年逾不惑，前清读过些《千家诗》和《古文笔法百篇》《随园诗话》《聊斋志异》的，半夜过足瘾时，就在烟灯旁朗朗地诵起诗文来。有的由《原道》到前后《出师表》《圆圆曲》，都能背诵如流，一字不苟，而且音调激昂慷慨，不让古人。有的人又会唱高腔，能复述某年月日某戏班子在某地某庙开锣，演出某一折戏，其中某一句字黄腔走板的事情，且能用示范原腔补充纠正。记忆力之强和理解力之高，也真是世界上稀有少见。又有人年纪还不过三十来岁，由于短期委派出差当催烟款监收委员，贪污得几百两烟土，就只想娶一房小老婆摆摆阔，把当前计划和二十年后种种可能麻烦都提出来，和靠灯同事商讨办法的。有人又到处托人买《奇门遁甲》，深信照古书中指示修炼，一旦成功，就可以和济公一样，飞行自在，到处度世救人，打富济贫。且有人只想做本地开糖房的赘婿，以为可以一生大吃酥糖糍粑。真所谓"人到一百，五艺俱全"，信仰愿望，无奇不有。而且居多还想得十分有趣。全是烟的催眠麻醉结果。

这些人照当时习惯，一例叫作"师爷"。从这些同事日常生活中，我真可说是学习了许多许多。

此外，又还有个受教育对我特别有益的地方，即一条河街和河码头。那里有几十家从事小手工业市民，专门制作黄杨木梳子、骨牌、棋子和其他手工艺品，生产量并不怎么大，却十分著名，下行船常把它带到河下游去，越湖渡江，直到南北二京。河码头还有的是小铁匠铺和竹木杂货铺，以及专为接待船上水手的特种门户人家，经常还可从那里听到弹月琴唱小曲琤琤玱玱声音。河滩上经常有些上下酉水船只停泊，有水手和造船匠人来人去。虽没法和这些人十分相熟，可是却有机会就眼目见闻，明白他们的生活和工作。和他们可说的话，也似乎比同事面前多一些，且借此知道许多河码头事情。两相比较下，当时就总觉得这些自食其力的普通劳动者生活，比起我们司令部里那些"师爷"或"老爷"，不仅健康得多，道德得多，而且也有趣得多。即或住在背街上，专为接待水手和兵士的"暗门头"半开门人物，也还比师爷、老爷更像个人。这些感想说出来当然没有谁同意，只会当我是个疯子。事实上我在部分年青同事印象中，即近于有点疯头疯脑。

  我体力本来极差，由于长时期营养不良，血液缺少黏合力，一病鼻子就得流血，因此向上爬做军官的权势欲没有抬头机会。平时既不会说话，对人对事又不会出主意，因此做参谋顾问机会也不多。由于还读过几本书，知道点诗词歌赋，面前一切的刺激和生活教育，不甘随波逐流就得讲求自救，于是近于自卫，首先学坚持自己，来抵抗生活行为上的同化和腐蚀作用。反映到行为中，即尽机会可能顽强读书，扩大知识领域。凑巧当时恰有个亲戚卸任县长后，住在对河石屋洞古庙里做客，有半房子新旧书籍，由《昭明文选》到新小说，什么都有。特别是林译小说，就有一整书箱。狄更斯的小说，真给了我那时好大一份力量！

从那种情形下，我体会到面前这个社会许多部分都正在发霉腐烂，许多事情都极不合理，远比狄更斯文学作品中所表现的英国社会还野蛮恶劣。一切像是被什么人安排错了，得有人重新想个办法。至于要用一个什么办法才能回复应有的情况？我可不知道。两次社会革命虽在我待成熟生命中留下些痕迹，可并不懂得第三回社会大革命已在酝酿中，过不多几年就要在南中国爆发。因为记起"诗言志"的古义，用来表现我这些青春期在成熟中，在觉醒中，对旧社会，对身边一切不妥协的朦胧反抗意识，就是作诗。大约有一年半时间，我可能就写了两百首五七言旧体诗。呆头呆脑不问得失那么认真写下去，每一篇章完成却照例十分兴奋。有时也仿苏柳体填填小词，居然似通非通能缀合成篇。这些诗词并没有一首能够留下，当时却已为几个迎面上司发生兴趣，以为"人虽然有些迂腐，头脑究竟还灵活，有点文才"。还有个拔贡出身初级师范校长，在我作品上批说"有老杜味道"，真只有天知道！除那书记长是我的经常读者外，另还有个胖大头军法官，和一个在高级幕僚中极不受尊敬,然而在本地小商人中称"智多星"的顾问官,都算是当年读我作品击节赞许的大人物。其实这些人的生活就正是我讽刺的对象。这些人物,照例一天只是伴陪司令老师长坐在官厅里玩牌,吃点心,吸烟,开饭喝茅台酒,打了几个饱嗝后,又开始玩牌……过日子永远是这么空虚、无聊。日常行为都和果戈里作品中人物一样,如漫画一般,甚至于身体形象也都如漫画一般局部夸张。这些人都读过不少书,有的在辛亥时还算是维新派,文的多是拔贡举人,武的多毕业于保定军校,或湖南弁备学校。腐化下来,却简直和清末旧官僚差不多,似乎从没思索过如何活下来才像个人,全部人生哲学竟像只是一个"混"字。跟着老师长混,"有饭大家吃",此外一切废话。

一九三五年左右,我曾就这些本地"伟人"生活,写过一个短篇小说,名叫《顾问官》,就是为他们画的一幅速写像,虽十分简单,却相当概括逼真。当时他们还在做官,因担心笔祸,不得不把故事发生地点改成四川。其实同样情形,当时实遍布西南,每省每一地区都有那种大小军阀和幕僚,照着我描写的差不多或更糟一些,从从容容过日子。他们看到时,不过打个哈哈完事,谁也不会在意。

我的诗当时虽像是有了出路，情感却并没有真正出路。因为我在那些上司和同事间，虽同在一处，已显明是两种人，对于生存意义的追求全不相同，决裂是必然的。但是如果没有一种外来的强大吸引力或压力，还是不可能和那个可怕环境决绝分开的。在一般同事印象中，我的"迂"正在发展，对社会毫无作用，对自身可有点危险，因为将逐渐变成一个真正疯子。部队中原有先例，人一迂，再被机灵同事寻开心，想方设法逗弄，或故意在他枕下鞋里放条四脚蛇，或半夜里故意把他闹醒，反复一吓一逗，这同事便终于疯了。我自然一时还不到这个程度。

真正明白我并不迂腐的，只有给我书看的那个亲戚。他是本县最后一个举人，名叫聂仁德，字简堂，作的古文还曾收入清代文集中。是当时当地唯一主张年青人应当大量向外跑，受教育、受锻炼、找寻出路的一个开明知识分子。

我当时虽尽在一种孤立思维苦闷中挣扎，却似乎预感到，明天另外一个地方还有份事业待我去努力完成。生命不可能停顿到这一点上。眼前环境只能使我近于窒息，不是疯便是毁，不会有更合理的安排。我得想办法自救。一时自然还是无办法可得。

因为自己写诗,再去读古诗时,也就深入了一些。和青春生命结合,曹植、左思、魏征、杜甫、白居易等人对世事有抱负有感慨的诗歌,比起描写景物叙述男女问题的作品,于是觉得有斤两有劲头得多。这些诗歌和林译小说一样,正在坚强我、武装我,充实增加我的力量,准备来和环境中一切作一回完全决裂。但这自然不是一件简单事情。到这个部队工作以前,我曾经有过一年多时间,在沅水流域好几个口岸各处漂流过,在小旅馆和机关做过打流食客,食住两无着落。好容易有了个比较固定的职业,要说不再干下去,另找出路,当然事不简单。我知道世界虽然尽够广大,到任何一处没有吃的就会饿死。我等待一个新的机会。生活教育虽相当沉重,但是却并不气馁,只有更加坚强。这里实在不是个能待下去的地方,中国之大,一定还有别的什么地方,比这里生存得合理一些。孟子几句话给了我极大鼓舞,我并没有觉得有个什么天降大任待担当,只是天真烂漫地深深相信老话说的"天无绝人之路",一个人存心要活得更正当结实有用一点,决不会轻易倒下去的。

过不多久,五四余波冲击到了我那个边疆僻地。先是学习国语注音字母的活动,在部队中流行,引起了个学文化浪潮。随后不久地方十三县联立中学和师范办起来了,并办了个报馆，从长沙聘了许多思想前进年青教员，国内新出版的文学和其他书刊，如《改造》《向导》《新青年》《创造》《小说月报》《东方杂志》，和南北大都市几种著名报纸，都一起到了当地中小学教师和印刷工人手中，因此也辗转到了我的手中。正在发酵一般的青春生命，为这些刊物提出的"如何做人"和"怎么爱国"等等抽象问题燃烧起来了。让我有机会用些新的尺寸来衡量客观环境的是非，也得到一种新的方法、新的认识，来重新考虑自己在环境中的位置。国家的问题太大，一时说不上。至于个人的未来，要得到正当合理的发展，是听环境习惯支配，在这里向上爬做科长、局长、县长……还是自己来重新安排一下，到另外地方去，做一个正当公民？这类问题和个空钟一样，永远在我思想里盘旋不息。

于是做诗人的兴趣，不久即转移到一个更切实些新的方向上来。由于五四新书刊中提出些问题，涉及新的社会理想和新的做人态度，给了我极大刺激和鼓舞。我起始进一步明确认识到个人和社会的密切关系，以及文学革命对于社会变革的显著影响。动摇旧社会，建立新制度，做个"抒情诗人"似不如做个写实小说作家工作扎实而具体。因为后者所表现的，不仅情感或观念，将是一系列生动活泼的事件。是一些能够使多数人在另外一时一地，更容易领会共鸣的事件。我原本看过许多新旧小说，随同五四初期文学运动而产生的白话小说，文字多不文不白，艺术水平既不怎么高，故事又多矫揉造作，并不能如唐代传奇明清章回吸引人。特别是写到下层社会的人事，和我经验见闻对照，不免如隔靴搔痒。从我生活接触中所遇到的人和事情，保留在我印象中，以及身边种种可笑可怕腐败透顶的情形，切割任何一部分下来，都比当时报刊上所载的新文学作品生动深刻得多。至于当时正流行的《小说作法》《新诗作法》等书提出的举例材料和写作规矩方法，就更多是莫明其妙。加之，以鲁迅先生为首和文学研究会同人为首，对于外国文学的介绍，如耿济之、沈泽民对十九世纪旧俄作家，李颉人、李青崖对法国作家，以及胡愈之、王鲁彦等从世界语对于欧洲小国作家作品的介绍，鲁迅和其他人对于日本文学的介绍，创造社对于德国作家的介绍，特别是如像契诃夫、莫泊桑等短篇小说的介绍，增加了我对于小说含义范围广阔的理解，和终生从事这个工作的向往。认为写小说实在有意思，而且凡事从实际出发，结合生活经验，用三五千字把一件事一个问题加以表现，比写诗似乎也容易着笔，能得到良好效果。我所知道的旧社会，许许多多事情，如果能够用契诃夫或莫泊桑使用的方法，来加以表现，都必然十分活泼生动。并且大有可能超越他们的成就，得出更新的记录。问题是如何用笔来表现它，如何得到一种适当的机会，用十年八年时间，来学习训练好好使用我手中这一支笔。这件事对现在青年说来，自然简单容易，因为习文化学写作正受新社会全面鼓励，凡稍有创作才能的文化干部，都可望得到部分时间从事写作。但是四十年前我那种生活环境，希望学文学可就实在够荒唐。若想学会吸鸦片烟，将有成百义务教师，乐意为我服务。想向上爬做个知县，再讨两个姨太太，并不怎么困难就可达到目的。即希望继续在本地做个迂头迂脑的书呆子，也不太困难，只要凡事和而不同的下去，就成功了。如说打量要做个什么"文学作家"，可就如同说要"升天"般麻烦，因为和现实环境太不相称，开口说出来便成大家的笑话。

至于当时的我呢，既然看了一大堆书，想象可真是够荒唐，不仅想要做作家，一起始还希望做一个和十九世纪世界上第一流短篇作者竞短长的选手。私意认为做作家并不是什么大不了的事情，写几本书也平常自然，能写得比这一世纪高手更好，代表国家出面去比赛，才真有意义！这种想象来源，除了一面是看过许多小说，写得并不怎么好。其次即从小和野孩爬山游水，总是在一种相互竞争中进行，以为写作也应分是一种工作竞赛。既存心要尽一个二十世纪公民的责任，首先就得准备努力来和身边这四十八盏烟灯宣告完全决裂，重新安排生活和学习。我为人并不怎么聪敏，而且绝无什么天才，只是对学习有耐心和充满信心，深信只要不至于饿死，在任何肉体挫折和精神损害困难情形下，进行学习不会放松。而且无论学什么，一定要把它学懂，学通……于是在一场大病之后，居然有一天，就和这一切终于从此离开，进入北京城，在一个小客店旅客簿上写下姓名籍贯，并填上"求学"两个字，成为北京百万市民的一员，来接受更新的教育和考验了。

和当时许多穷学生相同，双手一肩，到了百万市民的北京城，只觉得一切陌生而更加冷酷无情。生活上新的起点带来了新的问题，第一件事即怎么样活下去。第一次见到个刚从大学毕业无事可做的亲戚，问我：

"来做什么？"

我勇敢而天真的回答"来读书"时，他苦笑了许久："你来读书，读书有什么用？读什么书？你不如说是来北京城打老虎！你真是个天字第一号理想家！我在这里读了整十年书，从第一等中学到第一流大学，现在毕了业，还不知从哪里去找个小差事做。想多留到学校一年半载，等等机会，可做不到！"

但是话虽这么说，他却是第一个支持我荒唐打算的人，不久即介绍我认识了他老同学董秋斯。董当时在盔甲厂燕京大学念书，此后一到公寓不肯开饭时，我即去他那里吃一顿。后来农大方面也认识了几个人，曾经轮流到他们那里做过食客。其中有个晃县唐伯赓，大革命时牺牲在芷江县城门边，就是我在《湘行散记》中提及被白军钉在城门边示众三天，后来抛在沅水中喂鱼吃的一位朋友。

我入学校当然不可能，找事做无事可做，就住在一个小公寓中，用《孟子》上所说的"天将降大任于斯人也，必先苦其心志，饿其体肤，空乏其身，行拂乱其所为……"来应付面临的种种。第一句虽不算数，因为我并没有什么大志愿，后几句可落实，因为正是面临现实。在北京零下二十八度严寒下，一件破夹衫居然对付了两个冬天，手足都冻得发了肿，有一顿无一顿是常事。好在年青气概旺，也并不感觉到有什么受不住的委屈。只觉得这社会真不合理。因为同乡中什么军师长子弟到来读书的，都吃得胖胖的，虽混入大学，什么也不曾学到。有的回乡时只学会了马连良的台步，和什么雪艳琴的新腔。但又觉得人各有取舍不同，我来的目的本不相同，必须苦干下去就苦干下去，到最后实在支持不下，再作别计。另一方面自然还是认识燕大农大几个朋友，如没有这些朋友在物质上的支持，我精神即再顽强，到时恐怕还只有垮台。

当时还少有人听说做"职业作家"，即鲁迅也得靠做事才能维持生活。记得郁达夫在北大和师大教书，有一月得三十六元薪水，还算是幸运。《晨报》上小副刊文章，一篇还不到一块钱稿费。我第一次投稿所得，却是三毛七分。我尽管有一脑子故事和一脑子幻想，事实上当时还连标点符号也不大会运用，又不懂什么白话文法。唯一长处只是因为在部队中做了几年司书，抄写能力倒不算太坏。新旧诗文虽读了不少，可是除旧诗外，待拿笔来写点什么时，还是词难达意。在报刊方面既无什么熟人，作品盼望什么编辑看中，当然不可能。唯一占便宜处，是新从乡下出来，什么天大困难也不怕，且从来不知什么叫失望，在最难堪恶劣环境中，还依旧满怀童心和信心，以为凡事通过时间都必然会改变，不合理的将日趋于合理。只要体力能支持得下去，写作当然会把它搞好。至于有关学习问题，更用不着任何外力鞭策，总会抓得紧紧的。并且认为战胜环境对我的苛刻挫折，也只有积极学习，别无办法。能到手的新文学书我都看，特别是从翻译小说学作品组织和表现方法，格外容易大量吸收消化，对于我初期写作帮助也起主导作用。

过了不易设想的一二年困难生活后，我有机会间或在大报杂栏类发表些小文章了。手中能使用的文字，其实还不文不白生涩涩的。好的是应用成语和西南土话，转若不落俗套有些新意思。我总是极单纯地想，既然目的是打量用它来作动摇旧社会基础，当然首先得好好掌握工具，必须尽最大努力来学会操纵文字，使得它在我手中变成一种应用自如的工具，此后才能随心所欲委曲达意表现思想感情。应当要使文字既能素朴准确，也能华丽壮美。总之，我得学会把文字应用到各种不同问题上去，才有写成好作品条件。因此到较后能写短篇时，每一用笔，总只是当成一种学习过程，希望通过一定努力能"完成"，可并不认为"成功"。其次是读书日杂，和生活经验相互印证机会也益多，因此也深一层明白一个文学作品，三几千字能够给人一种深刻难忘印象，必然是既会写人又能叙事，并画出适当背景。文字不仅要有分量，重要或者还要有分寸，用得恰到好处。这就真不简单。特别对我那么一个凡事得自力更生的初学写作者。我明白人是活在各种不同环境中的复杂生物，生命中有高尚的一面，也不免有委琐庸俗的一面。又由于年龄不同，知识不同，生活经验不同，兴趣愿望不同，即遇同一问题，表现意见的语言态度也常会大不相同。我既要写人，先得学好好懂人。已经懂的当然还不算多，待明白的受生活限制，只有从古今中外各种文学作品中拜老师。因之书籍阅读范围也越广，年纪轻消化吸收力强，医卜星相能看懂的大都看看。借此对于中国传统社会意识领域日有扩大，从中吸取许多不同的常识，这也是后来临到执笔时，得到不少方便原因。又因为从他人作品中看出，一个小说的完成，除文字安排适当或风格独具外，还有种种不同表现思想情感的方法，因而形成不同效果。我由于自己要写作，因此对于中外作品，也特别注意到文字风格和艺术风格，不仅仔细分析契诃夫或其他作家作品的特征，也同时注意到中国唐宋小说表现方法、组织故事的特征。到我自己能独立动手写一个短篇时，最大的注意力，即是求明白作品给读者的综合效果，文字风格、作品组织结构，和思想表现三者综合形成的效果。

我知道这是个艰巨工作，又深信这是一项通过反复试验，最终可望做好的工作。因此每有写作，必抱着个习题态度，来注意它的结果。搞对了，以为这应说是偶然碰巧，不妨再换个不熟悉的方法写写；失败了，也决不丧气，认为这是安排得不大对头，必须从新开始。总之，充满了饱满乐观的学习态度，从不在一个作品的得失成败上斤斤计较，永远追求作更多方面的试验。只是极素朴的用个乡下人态度，准备三十年五十年把可用生命使用到这个工作上来，尽可能使作品在量的积累中得到不断的改进和提高。

从表面看，我似乎是个忽然成熟的"五四"后期作家。事实上成熟是相当缓慢的。每一作品完成，必是一稿写过五六次以后。第一个作品发表，是在投稿上百回以后的事情。而比较成熟的作品，又是在出过十来本集子以后的事情。比起同时许多作家来，我实在算不得怎么聪敏灵活，学问底子更远不如人。只能说是一个具有中等才能的作者。每个人学习方法和写作习惯各有不同，很多朋友写作都是下笔千言，既速且好，我可缺少这种才分。比较上说来，我的写作方法不免显得笨拙一些，费力大而见功少。工作最得力处，或许是一种"锲而不舍久于其道"的素朴学习精神，以及从事这个工作，不计成败，甘心当"前哨卒"和"垫脚石"的素朴工作态度。由于这种态度，许多时候，生活上遭遇到种种不易设想的困难，统被我克服过来了。许多时候，工作上又遭遇到极大挫折，也终于支持下来了。这也应当说是得力于看书杂的帮助。千百种不同门类新旧中外杂书，却综合给我建立了个比较单纯的人生观，对个人存在和工作意义，都有种较素朴理解。觉得个人实在渺小不足道，但是一个善于使用生命的人，境遇不论如何困难，生活不论如何不幸，却可望在全人类向前发展进程中，发生一定良好作用。我从事写作，不是为准备做伟人英雄，甚至于也不准备做作家，只不过是尽一个"好公民"责任。既写了，就有责任克服一切困难，来把它做好。我不希望做空头作家，只盼望能有机会照着文学革命所提出的大目标，来终生从事这个工作。在万千人共同做成的总成绩上，增加一些作品，丰富一些作品的内容。要竞赛，对象应当是世界上已存在的最高纪录，不能超过也得比肩。不是和三五同行争上下，争出路，以及用作品以外方法走捷径争读者。这种四十年前的打算，目前说来当然是相当可笑的。但当时却帮助我过了许多难关。

我年轻时读什么书

每个人认了不少单字，到应当读书的年龄时，家中大人必为他选择种种"好书"阅读。这些好书在"道德"方面照例毫无瑕疵，在"兴味"方面也照例十分疏忽。中国的好书其实皆只宜于三四十岁人阅读，这些大人的书既派归小孩子来读，自然有很大的影响，就是使小孩子怕读书，把读书认为是件极其痛苦的事情。

有些小孩从此成为半痴，有些小孩就永远不肯读书了。一个人真真得到书的好处，也许是能够自动看书时，就家中所有书籍随手取来一本两本加以浏览，因之对书发生浓厚兴趣，且受那些书影响成一个人。

我第一次对于书发生兴味,得到好处,是五本医书。(我那时已读完了《幼学琼林》与《龙文鞭影》,《四书》也已成诵。这几种书简直毫无意义。)从医书中我知道鱼刺卡喉时,用猫口中涎液可以治愈。小孩子既富于实验精神,家中恰好又正有一只花猫,因此凡家中人被鱼刺卡着时,我就把猫捉来,实验那丹方的效果。又知道三种治癣疥的丹方,其一,用青竹一段,烧其一端,就一端取汁,据说这水汁就了不得。其二,用古铜钱烧红淬入醋里,又是一种好药。其三,烧枣核存性,用鸡蛋黄炒焙出油来,调枣核末,专治瘌痢头。这部书既充满了有幻术意味的丹方,常常可实验,并且因这种应用上使我懂得许多药性,记得许多病名。

我第二次对于书发生兴味,得到好处,是一部《西游记》。

前一书若养成我一点幼稚的实验的科学精神,后一书却培养了我的幻想。使我明白与科学精神相反那一面种种的美丽。这本书混合了神的尊严与人的谐趣——一种富于泥土气息的谐趣。当时觉得它是部好书,到如今尚以为比许多堂皇大著还好。它那安排故事刻画人物的方法,就是个值得注意的方法。读书人千年来,皆称赞《项羽本纪》,说句公道话,《项羽本纪》中那个西楚霸王，他的神气只能活在书生脑子里。至于《西游记》上的猪悟能，他虽时时刻刻腾云驾雾，（驾的是黑云！）依然是个人。他世故，胆小心虚，又贪取一点小便宜，而且处处还装模作样，却依然是个很可爱的活人。读者——尤其是青年读者——若想在书籍中找寻朋友，猪悟能比楚霸王好像更是个好朋友。我第三次看的是一部兵书，上面有各种套彩阵营的图说，各种火器的图说，看来很有趣味。家中原本愿意我世袭云骑尉，我也以为将门出将是件方便事情。不过看了那兵书残本以后，他给了我一个转机。第一，证明我体力不够统治人；第二，证明我行为受拘束忍受不了，且无拘束别人行为的兴味。而且那书上几段孙吴治兵的心法，太玄远抽象了，不切于我当前的生活，从此以后我的机会虽只许可我做将军，我却放下这种机会，成为一个自由人了。这三种书帮助我，影响我，也就形成我性格的全部。

美既随阳光所在而存在,情感泛滥流注亦即如云如水,复如云,如水,毫无凝滞。

对文物、艺术自学

《艺术周刊》的诞生

在中国,学艺术真可怜得很。一个高中毕业的学生,入了艺术专科学校后,除了跟那个教授画两笔以外,简直就不能再学什么,更不知还可学什么。记得在上海时,曾晤及一个在艺术学校教图案的大教授。他说不久以前他到过北京。我问他对于中国古锦的种类,有不有兴味研究,对于中国铜器玉器花纹的比较有不有兴味研究,又问及景泰蓝的花纹颜色,硬木家具的体制,故都大建筑上窗棂花样,一串问题他皆带点惊愕神气用一个"否"字来回答。到后我把眉毛皱了一下,大约被他见到了,他赶忙补充似的说道:"我是教图案画的,我看到济南的汉石刻画,真不坏!"我当时差点嚷出口来:"我的天,你原来是教图案画的!"

教中国画与教艺术史的,关于他所教的那一行,我也碰过同样的钉子。

很少学校能够有一个稍稍完备的图书馆与艺术陈列室,很少学校能够聘研究本国断代艺术史与能够汇通一般艺术的教师。使学生把艺术眼光放宽,引远,且扩大他们的人格与感情,简直就不为从事艺术教育的人所注意。教画的兴味那么窄,知识那么少,教的有什么结果,就可想而知了。

凭我们的经验说说,凡是逛过公园的人,总常常见到有学艺术的青年人对那些牌楼很出神地作画。其中有的是大学一年生,有的是大学教授。看看他们的设色、构图,无一不表示他们还在习作。画来画去不离公园牌楼或树林白塔,他们的勤快与固执,真使人想起他们学艺术的方法选取题材的眼光,有点为他们发愁!除了公园中的牌楼,一个学艺术的就无可学处?谁需要那么多牌楼画?

使学画的居然能够同钓鱼游客一样,在公园林荫中从容作画,艺术教育指导者当然应负点儿责。在公园作画不是罪过,但先生们若知道多一点,也就会教学生们把学习范围放宽一点儿。然而目前先生们多少有些是画点牌楼终于成为教授的人,并且先生的先生说不准还是画这类玩意的专家！这个取证并不困难，我们只须跑到什么洋画展览会上去看看，数一数有多少幅油画的题材完全相同，就明白了。一个展览会若有三小幅画取材调色足使艺术鉴赏家惊讶，那么，这画展就不算失败了，间或有一两幅炫目惊人，过细看看，布局设色仿佛很熟，原来那是摹来的。

  西洋画不会得到如何成就，还有可原谅处。所学的时间太短，教师对于大千世界的颜色与光，点线与体积，既无相汇的理解，世界上的一切光色点线自然便不能使他发迷。他虽学画，也就只"学画"而已。到外国时独自作一张人体素描，在解剖学方面不陷于错误，就得花不少时间。他原无那么多闲空时间。他一生也许画过几次石膏模型，但多数却学"油画"。回国来把他自己从博物院临来的或经教师改正过的几十幅画，作一次公开展览，于是自然而然各以因缘做了人之师。试想想，这样的教授能教什么授什么？其中聪敏一点的，强作粗犷，抛去一切典则，以为可以自创一派。同样是聪敏，而又想迎合习气，在中国受文人称赏，在外国被人承认为"中国画"的，必转而来画一群小鸡、几只白鹤、雪中骑驴、月下放舟，同时因基础不佳，便取法简易，仍然把粗犷当成秘诀，用大笔蘸墨在纸上大涂大抹了事。

学西洋画的不成，还可慢慢地进步，中国画又怎么样？生于中国的现在，人在大都市，上海、北京或南京。印刷术已十分进步，历史上各时代的名画，学艺术的差不多皆可以有机会见到。但看看我们从艺术学校得到好教育的国画家……

说到这里不知得感谢还是得批评几个时下的名人。因为他们的"成功"，以及回老家来的洋画家的"摹仿成功"，各人皆把"成功"看得那么简单容易，多数学生皆以能够调朱弄绿画点简单大笔花朵草虫为满足，山水画也就永远只是隐士垂钓远浦风帆，诗人窗下读书与骑驴过桥那一套儿。一个国画展览会不必进门，在外边我们也就可以猜想得出它的内容：仿吴昌硕葫芦与梅花，仿齐白石虾蟹与紫藤小鸡，仿新罗折枝，仿南田花果，仿石涛，仿倪高士……仕女则临费小楼，竹子则法郑板桥。这种艺术展览会照样还将有些方块儿字屏条对联，又是仿刘石庵、何绍基、于右任、郑孝胥。他们这样作来，就因为学校只告诉他们这些，他们只知道这些。

大凡一个对中国前途毫不悲观的人，总相信目前国家所遭遇的忧患，还可以依赖现在与将来的一些青年人，各在所努力的事业上把恶梦摆脱。且相信不拘在政治，在艺术，在一切方面，我们还能把历史上积累的民族智慧来运用，走一条光辉炫目的新路。但那点儿做中国人的勇气与信心，真没有比入一次什么艺术展览会的大门更容易受挫折了。

所谓现代艺术家者，对于这个民族在过去一份长长岁月中，用一片颜色，一把线，一块石头或一堆泥土，铜与玉，竹木与牙角，很强烈地注入自己生命意识作成的种种艺术品，有多少可以注意处，皆那么缺少注意，不知注意。各自既不能运用人类智慧光辉的遗产，却又只想陡然地在这块地面创造新的历史。

政府对于艺术教育原是无所谓的，请这些人来主持艺术学校，除了花钱真不知还有过什么安排。一切既全由校长先生主持，一个艺术学校照例就只是以中西画为主体，因人的关系或多来一个音乐系，因地的关系或多设一个实用艺术系。为一般学艺术的青年人应有知识而言，希望图书陈列室有种稍稍像样的设备，聘请几个能把艺术观点扩大放宽的教授，以及一群熟练精巧的技师，就是一个奢侈狂妄的企图。一个学艺术的想知道中国绘画从甲骨的涂朱敷墨与甲骨文字中的象形字起始到近代为止，关于它的发展与衍变，既无图片可看，又无先生能教。想知道中国铜器陶器或其他器物从夏商周到如今，各段落所有的形体花纹材料的比较，且从东方民族器物中加以比较，它与希腊波斯印度又互相有了些什么影响，也必遭遇同样的困难。要研究石刻不成，要研究木刻更不成。中国人虽懂得把印刷术的发明安排到本国教科书中去，但它的发展，想从一个艺术学校的图书陈列室看到就不可能。

中国人的治玉与牙雕，在世界上称为东方民族的神工鬼斧，艺术学校从不把这种熟练技师请来研究，连这些器物照像图片也就稀有少见。说瓷器，学生更难希望有个小小陈列室，把各时代的瓷器，有秩序地排出，再请一个专家来作一个品质形体花纹的比较说明。总而言之，就是一个艺术学校配称为艺术必需要的设备皆极缺少，所有的却常常是只适宜于打发到理发馆或同类地方的"人"与物。可怜的学生，他们有什么办法？其中即或有想多学一些的，跟谁去学？从何学起？

一些艺术学校，到近年来的展览会中，也间或有所谓木刻画了。我还记得在《大公报》本市附刊上，就有个某君说到他们学木刻画的困难。很显然的，目前任何艺术学校中，就还无一个主持人会注意到把中国石上的浮雕，砖上的镂雕，漆器上的堆漆与浮雕，以及木上的浮雕，与素描刻画，搜罗点实物，搜罗点图片，让想学习与有兴味学习的年轻人，多见识一点，知道运用各种材料，还有多少新路可走。

使艺术教育在一种鬼混情形中存在与发展，实为一般过去目前艺术家的习气观念所促成。在旧习气旧观念下，想中国艺术的发扬徒为幻想。必先纠正这个错误，中国艺术的明日方可有个新时代可言。

《艺术周刊》的产生，便预备从这方面着手。一面将系统地介绍些外国作品与作家思想生活，一面将系统地介绍些中国东西。篇幅安排得下，还将登载点国内外重要艺术消息。这刊物因为篇幅关系，工作或者不能如所希望那样方便。（比如业已约过的专家，如容希白先生对于铜器花纹，徐中舒对于古陶器，郑振铎对于明清木刻画，梁思成、林徽因对于中国古建筑，郑颖孙对于音乐与园林布置，林宰平、卓君庸对于草字，邓叔存、凌叔华、杨振声对于古画，贺昌群对于汉唐壁画，罗睺对于希腊艺术，以及向觉明、王庸、刘直之、秦宣夫诸先生的文章，到时图片与文章的安排，若超过了篇幅还很费事。）这刊物的目的只是，使以后学艺术的，多少明白一点他所应学的范围很宽，可学的东西也不少，创一派，走一新路，皆不能徒想抛开历史，却很可以运用历史。从事艺术的人，皆能认识清楚只有最善于运用现有各种遗产的艺术家,方能创造他自己时代的新纪录。

艺术教育

一个对"艺术"有兴味，同时对"艺术教育"还怀了一点希望的人，必时常碰着两件觉得怪难受的事情，其一是在街头散步，一见触目那些新式店面"美术化"的招牌，其一是随意溜进什么南纸店，整整齐齐放在玻璃橱里的"美术化"文具。见到这个不能不发生感慨，以为当前所谓"美术化"的东西，实在太不美，当前制作这些"美术化"玩意儿的人物，也实在太不懂美了。

即小见大，举一反三，我们就明白中国艺术教育是个什么东西，高等艺术教育有了些什么成绩。且可明白中学生和多数市民，在艺术方面所受的熏陶，通常具有一种什么观念。

因为有资格给照相馆或咖啡馆商店作门面装饰设计、市招设计的，照例是艺术专门学校的毕业生，新式文具设计也多是这种人物，享用这些艺术品而获"无言之教"的，却是那个"大众"。

这人若知道这些艺术家，不仅仅只是从各种企业里已渐渐获有地位，而且大部分出了专科学校的大门，即迈入各地中学校的大门，作为人之师，来教育中学生"什么是艺术"，他会觉得情形真是凄惨而可怕。

这自然是事实，无可奈何的事实。可不能责怪学艺术的人。应负责的还是历届最高教育当局，对艺术教育太不认真。虽有那么一个学校，却从不希望它成个像样的学校。这类学校的设立，与其说是为"教育"，不如说是为"点缀"。

没有所谓艺术教育还好办，因为属于纯艺术比较少数人能欣赏的，各有它习惯的师承，从事者必具有兴味而又秉有艰苦卓绝之意志，辅以严格的训练，方能有所成就。植根厚，造诣深，成就当然特别大。想独辟蹊径不容易，少数能够继往开来独走新路的，作品必站得住，不是侥幸可致。谁想挟政治势力，或因缘时会，滥竽充数，终归淘汰。

属于工业艺术的，也各有它习惯的师承，技巧的获得，必有所本。这种人虽缺少普遍的理解，难于融会贯通，然专精独长，作品也必站得住，不是一蹴可至。到模仿外来新的成为不可免的问题时，他们有眼睛会如何来模仿。一到艺术成为"教育"，三年满师，便得自立门户，这一来可真糟了。

由于教育当局对艺术教育缺少认识，历来私立艺术专门学校，既不曾好好注意监督过，国立的又只近于敷衍，南来一个，北来一个。（或因人而设，在普通大学里又来一系。）有了学校必需校长，就随便委聘一个校长。校长聘定以后，除每年共总花个三四十万块钱，就不闻不问，只等候学校把学生毕业文凭送部盖印，打发学生高升了事。这种艺术教育，想得良好效果当然不可能。这种"提倡"艺术，事实上当然适得其反。原有的无从保存，新来的不三不四。艺术学校等于虚设，中学校图画课等于虚设，因为两者都近于徒然浪费国家金钱，浪费个人生命。

当局的"教育"如此，再加上革命成功后党国名流的附庸风雅，二三狡黠艺术家的自作风气，或凭政治势力，或用新闻政策，煽扬标榜，无所不至。人人避难就易，到处见到草率和急就，粗窳丑陋一变而成为创作的主流。学艺术玩艺术的人越来越多，为的是它比学别的更容易。因之"艺术家"增多，派别也增多，只是真的够称为宏伟制作的艺术品，却已成为一个毫无意义的名词了。

当前的教育当局，如果还愿意尽一点责，就必须赶快想法来制止或补救。纵不能作通盘打算，至少也得对现有的艺术教育，重新有种考虑，有个办法。

在街上见到的东西使人难受，想起中学校的图画觉得凄惨，如果我们到什么艺术学校去参观一下，才真叫作难受凄惨！私立学校设备的简陋不用说了。就拿堂堂北京国立美术专门学校说吧，成立了十多年，到如今不特连一座学生寄宿舍没有，据说招生若过三百人，连教室还不够用。问问经费，每月法币一万元。看看图书室的收藏书籍和图片，找找这样，没有，找找那样，也没有。

再看看上课情形，倘若无意中我们走进去的那间教室是教"国画"的，眼看着那一群"受业"对着"老师"的画稿临摹时，真令人哭笑不得。下课钟响后，我们还不妨在院中拉着一个学生，问一问在这里除临摹以外还看了多少画，听了多少教益，且翻翻他们的讲义看看，结果会叹一口长气。他们即或想多学一点，跟谁去学？从何学起？学校虽给他们请了许多知名之士来做教授,却不曾预备一个能够让那些教授自我教育提高水平的图书室。不管是中国画系,西洋画系,图案系,雕塑系,做学生的想多得到一点知识,学校既不给他何种机会,教授当然也难给他何种机会。问问能不能到几个收藏古画古器物机关,如故宫、古物陈列所一类地方去观摹的特别方便,不成。问问他们能不能到几个聚集图片比较丰富的文化学术机关,如北平图书馆、北平研究院一类地方去观摹的特别便利,也不成。学画的学校就教他们学画,此外无事。

杭州的西湖艺专稍好一点,几年来人事上少更动是原因之一。但就个人几年前得来的印象,还是觉得学校对学生教育尚注意,对教授的提高,去理想实在还远。教授对自己的进步要求,不够认真。问题自然是经费和人才,两不够用。

且就图案画来说,一个专家,学校能聘请他,他又有兴趣作人之师,假若他从事于此道又将近十年,对这方面有热烈求知的趣味,至少会有如下的小小储蓄:一千种花纸样子,一千种花布样子,一千种锦缎样子,一千种金石花纹图片,一千种雕玉图片,一千种陶瓷砖瓦形体和花纹图片,一千种镂空、浮雕、半浮雕或立体器物花纹图片,一千种刺绣、缂丝、地毯、窗帘图片，一千种具有民间风俗性的版图画片，一千种具有历史或种族性艺术图片。如今对于这种轻而易举本国材料有系统的收集，不特个人无望，便是求之于学校收藏室也不可得，其余就可想而知了。

笔者深望最高教育当局，对此后中国艺术教育，应当重新有种认识，如年来对于体育教育之认识，而加以重视。政府如以为这种学校不必办，就干脆撤销，一年反可以省出一点钱作别的用途。如以为必须办，就总得把它办得像个学校。目前即或不能够添设高级艺术学校，至少也得就原有几个艺术学校，增加相当经常费用，力图整顿。更必须筹划一笔款项，作为学校应有建设与补充图书费用。此外对于由各种庚款成立的文化团体，每年派遣留学生出外就学事，且应当有一二名额，留作学艺术的学生与艺专教授出国参考的机会。更应当组织一专门委员会，对于某种既不入中学校教书，又不在大学校教书，锲而不舍从事研究，对社会特有贡献的艺术家，给以经济上的帮助和精神鼓励，且对他工作给以种种方便，兼作全国艺术教育的设计，改进中小学的艺术教育。换言之，也就是从消极的敷衍的不生不死的艺术教育，变成积极的有希望求进步的艺术教育。如此一来，虽去不掉当前一切丑化，但可制止这种丑化的扩大,留下一点光明希望于未来。若再继续放任下去,那就真是教育当局的糊涂,把"堕落这个民族精神"当成一句白话,目前在筹备的全国艺展,也不过是一个应景凑趣玩意儿了。

谈写字一

　　社会组织复杂时，所有事业就得"分工"。任何一种工作，必须要锲而不舍地从事多年，才能够有点成就。当行与玩票，造诣分别显然。兼有几种长处，所谓业余嗜好成就胜过本行专业的，自然有人。但这种人到底是少数。特殊天才虽可以超越那个限度，用极少精力，极少时间，做成发明创造的奇迹。然而这种奇迹期之于一般人，无可希望。一般人对于某种专门事业，无具体了解难说创造；无较深认识，决不能产生奇迹。不特严谨的科学是这样，便是看来自由方便的艺术，其实也是这样。

　　多数人若肯承认在艺术上分工的事实，那就好多了。不幸得很，中国多数人大都忽略了这种事实。都以为一事精便百事精。尤其是艺术，社会上许多人到某一时都欢喜附庸风雅，从事艺术。唯其倾心艺术，影响所及，恰好作成艺术进步的障碍，这个人若在社会有地位又有势力，且会招致艺术的堕落。最显著的一例就是写字。

写字算不算得是艺术，本来是一个问题。原因是它在人与人间少共通性，在时间上又少固定性。但我们不妨从历史来考察一下，看看写字是不是有艺术价值。就现存最古的甲骨文字看来，可知道当时文字制作者，在点线明朗悦目便于记忆外，已经注重到它个别与群体的装饰美或图案美。到铜器文字，这种努力尤其显然（商器文字如画，周器文字极重组织）。此后大小篆的雄秀，秦权量文字的整肃，汉碑碣的繁复变化，从而节省为章草，整齐成今隶，它那变革原因，虽重在讲求便利，切合实用，然而也就始终有一种造形美的意识存在，因为这种超实用的意识浸润流注，方促进其发展。我们若有了这点认识，就权且承认写字是一种艺术，似乎算不得如何冒失了。

写字的艺术价值成为问题，倒恰好是文字被人承认为艺术一部门之时。史称熹平时蔡邕写石经成功，立于太学门外，观看的和摹写的车乘日千余辆，填塞街陌。到晋有王羲之作行草书，更奠定了字体在中国的艺术价值，不过同时也就凝固了文字艺术创造的精神。从此写字重模仿，且渐重作者本人的事功，容易受人为风气所支配，在社会上它的地位与图画、音乐、雕刻比较起来，虽见得更贴近生活，切于应用，令人注意，但与纯艺术也就越远了。

到近来因此有人否认字在艺术上的价值，以为它虽有社会地位，却无艺术价值。郑振铎先生是否认它最力的一个人。艺术，是不是还许可它在给人愉快意义上证明它的价值？我们是不是可以为艺术下个简单界说，"艺术，它的作用就是能够给人一种正当无邪的愉快"。艺术的价值自然很多，但据我个人看来，称引一种美丽的字体为艺术，大致是不会十分错误的。

字的艺术价值动摇浮泛而无固定性，令人怀疑写字是否艺术，另外有个原因，不在它的本身，却在大多数人对于字的估价方法先有问题。一部分人把它和图画、音乐、雕刻比较，便见得一切艺术都有所谓创造性，唯独写字拘束性大，无创造性可言，并且单独无道德或情感教化启示力量，故轻视它。这种轻视无损于字的地位，自然也无害于字的艺术真价值。轻视它，不注意它，那就罢了。到记日用账目或给什么密友情人写信时，这轻视它的人总依然不肯十分疏忽它，明白一个文件看来顺眼有助于目的的获得。家中的卧房或客厅里，还是愿意挂一副写得极好的对联，或某种字体美丽的拓片，作为墙头上的装饰。轻视字的艺术价值的人，其实不过是对于字的艺术效果要求太多而已。糟的倒是另外一种过分重视它而又莫名其妙的欣赏者。这种人对于字的本身美恶照例毫无理解，正因其无理解，便把字附上另外人事的媒介，间接给他一种价值观。把字当成一种人格的象征，一种权力的符咒；换言之，欣赏它，只为的是崇拜它。前年中国运故宫古物往伦敦展览时，英国委员选画的标准是见有乾隆皇帝题字的都一例带走。中国委员当时以为这种毛子精神十分可笑。其实中国艺术鉴赏者，何尝不是同样可笑。近年来南北美术展览会里，常常可以发现吴佩孚先生画的竹子，冯玉祥先生写的白话诗，注意的人可真不少。假石涛假八大的字画，定价相当的高，还是容易找到买主。几个比较风雅稍明绘事能涂抹两下的朝野要人，把鬻画作画当成副业收入，居然十分可观。凡此种种，就证明"毛子精神"原来在中国更普遍的存在。几年来"艺术"两个字在社会上走了点运，被人常常提起，便正好仰赖到一群艺术欣赏者的糊涂势利精神，那点对于艺术隔膜，批判不苛刻，对于名公巨卿又特别容易油然发生景仰情绪作成的嗜好。山东督办张宗昌虽不识字，某艺术杂志上还刊载过他一笔写成的虎字！多数人这么爱好艺术，无形中自然就奖励到庸俗与平凡。标准越低，充行家也越多。书画并列，尤其是写字，仿佛更容易玩票，无怪乎游山玩水时，每到一处名胜地方，当眼处总碰到一些名人题壁刻石。若无世俗对于这些名人的盲目崇拜，这些人一定羞于题壁刻石，把上好的一堵墙壁一块石头脏毁，来虐待游人的眼目了。

所以说，"分工"应当是挽救这种艺术堕落可能办法之一种。本来人人都有对于业余兴趣选择的自由，艺术玩票实在还值得加以提倡。因为与其要做官的兼营公债买卖，教书的玩麻雀牌，办党的唱京戏，倒还是让他们写写字画点画好些。然而必须认识分工的事实，真的专家行家方有抬头机会，这一门艺术也方有进步希望。这点认识不特当前的名人需要，当前几个名画家同样需要。画家欢喜写美术字，这种字给人视觉上的痛苦，是大家都知道的。又譬如林风眠先生，可说是近代中国画家态度诚实用力勤苦的一个模范，他那有创造性的中国画，虽近于一种试验，成就尚有待于他的努力，至少他的试验我们得承认它是一条可能的新路。不幸他还想把那点创造性转用在题画的文字上，因此一来，一幅好画也弄成不三不四了。记得他那绘画展览时，还有个批评家，特别称赞他题在画上的字，以为一部分用水冲淡，能给人一种新的印象。很显然，这种称赞是荒谬可笑的。林先生所写的字，所用的冲淡方法，都因为他对于写字并不当行。林先生若还有一个诤友，就应当劝他把那些美丽画上的文字尽可能地去掉。

话说回来，在中国，一切专业者似乎都有机会抬头，唯独写字，它的希望真渺茫得很！每个认字的人，照例都被动或自动临过几种字帖，刘石庵、邓石如、九成宫、多宝塔、张黑女、董美人……是一串熟悉的名字。有人欢喜玩它，谁能说这不是你的当行，不必玩？正因为是一种谁也知道一两手的玩意儿，因此在任何艺术展览会里，我们的眼福就只是看俗书劣书，别无希望了。专家何尝不多，但所谓专家，也不过是会写写字，多学几种帖，能模仿某种名迹的形似那么一种人吧。欣赏者不懂字，专家也不怎么懂字。必明白字的艺术，应有的限度，折中古人，综合其长处，方能给人一点新的惊讶，新的启示。欲独辟蹊径，必理解它在点线疏密分布间，如何一来方可以得到一种官感上的愉快，一种从视觉上给人雕塑、图画兼音乐的效果。这种专家当然不多。另一种专家，就是有继往开来的野心，却无继往开来的能力，终日胡乱涂抹，自得其乐，批评鉴赏者不外僚属朋辈以及强充风雅的市侩，各以糊涂而兼阿谀口吻行为赞叹爱好，因此这人便成专家。这种专家在目前情形下，当然越来越多。这种专家一多，结果促成一种风气，便是以庸俗恶劣代替美丽的风气。专家不抬头，倒是"塞翁失马"，不至于使字的艺术十分堕落，专家抬头，也许更要不得了。

我们若在这方面还存下一点希望，似乎还有两种办法可以努力，一是把写字重新加以提倡，使它成为一种特殊的艺术，玩票的无由插手；二是索性把它看成一种一般的行业，让各种字体同工匠书记发生密切关系，以至于玩票的不屑于从事此道。如此一来，从装饰言，将来必可以看到许多点线悦目的字，从应用言，也可望多数人都写出一种便利流动的字。这种提倡值得大家关心，因为它若有了点效果，名流的俗字，艺术家的美术字，不至于到处散播，我们的眼目，就不必再忍受这两种虐待了。

滥用名词的商榷

谈到滥用名词的问题，除梁宗岱先生所举理由外，我们似乎还应当用比较近情的看法，弄明白为什么多数人滥用名词。

第一，得承认这是一个普通常有的现象，原因是多数外来名词初入中国，文字体制又新经变革，一个名词在"专家眼下"和"习惯使用"不能一致，也似乎容许它不完全一致，譬如说，对"象征主义"，梁宗岱先生说明时可以写一篇洋洋万言的大文，至于这个名词的含义，在一般人印象上，当然就简单得多，并且会不相同，使用时也不相同的（正如"科学"二字，爱因斯坦和梁宗岱先生两人使用时不相同一样）。梁先生循名求实精神，我们表示尊敬。但如果梁先生肯注意一下这点平常事实时,也许就不会从一二名词牵涉到中国"文坛""学术界"上去,批评态度也许稍稍好些了。因为文坛学术界的进步与否,未必是一两个名词的关系,尤其不是一两篇文章上误用了一两个名词可决定的。就一二名词指摘全文,已近于笼统武断,若因此而说及全个学术界,似乎不大说得去。

第二,是我们还需承认一点事实,通常读一篇文章时,我们读者照例对一个名词的是非不甚关心,特别留下印象的倒是作品中一段或全篇所说的道理合不合,文章完美不完美,思想健全不健全,态度诚恳不诚恳。易言之,是概括的,非章句的。例如梁先生的公开信上说:

> 在我未执笔写那篇文章之前,我在各出版物上注意到我们底散文界渐渐陷于一种极恶劣的倾向:繁琐和浮华。作者显然是极力要作好文章;可惜才不逮意,手不应心,于是急切中连"简明""清晰""条理"等一切散文的基本条件都置诸脑后了,只顾拼命堆砌和拉长,以求观瞻上的壮伟。明明是三言两语便可以阐说得清的,作者却偏要发为洋洋洒洒的千言或万言。结果自然是:不消化的抽象名词,不着边际的

形容词，不恰当的譬喻等连篇累牍又翻来覆去地使用。单就形容词说吧，在一篇文章里你可以发见"深远的幽邃"，"特出的超卓"，或什么"精细的微妙"等等。于是读者费了九牛二虎之力从一大堆抽象名词、形容词和譬喻等游泳到另一大堆同样东西之后，只觉得汪洋万顷，渺渺乎莫知其底止。这实在是中国文坛一大危机。

（见《给李健吾信》）

大意上说得过去，就不会寻章摘句的推求。如用梁先生方法去认真分析，问题可就多了。梁先生说散文界陷于恶劣倾向，是烦琐和浮华。并且是从各种出版物注意而来的结论。梁先生真看过中国多少出版物？是不是真在看多数出版物后下的结论？因为据我意见（读者较多数也必有同感）中国目前流行的散文，支配一般作者的笔和读者的眼，就并不是烦琐和浮华的散文，梁先生有兴味认真普遍注意过中国近年来散文的倾向，很可怀疑。若就引文看来，事实上不过是把一个青年书评家几句不合文法的话举出，若下批评，指明他书评"写得不通"，劝他"好好地写"，如此而已。如因此便认为我们是在堕落，是中国文坛一大危机，说得岂不过分？梁先生赞成法国式的一剑一枪，平常和朋友对面时，很显然"深受法国学术界第一流大人物的影响"，语言奋斗极认真，又对于自己的语言逻辑深有自信的。然而使用名词就还是大可商量。若我们都照梁先生的法国式办法，来在筵席上，在茶会上，不客气地讨论，什么时候得到结论？文坛是不是就有长进的希望？若写出来，是不是有那么多刊物的篇幅可供讨论？

再引一例：

> 我想你一定拜读过梁实秋先生在《东方杂志》发表的那篇大文《论文学的美》了。我不相信世界上还有第二个国家——除了日本，或者还有美国——能够容许一个最高学府的外国文学系主任这般厚颜去高谈阔论他所不懂的东西——真的，连最初级的认识都没有！试看这一段："我们要知道美学的原则往往可以应用到图画音乐，偏偏不能应用到文学上去。即使能应用到文学上去，所讨论的也只是文学上最不重要的一部分——美。"还有比这更明白地袒露作者对于美学，甚至对于图画音乐的绝对的愚昧的么？而他竟

> 不知天高地厚地根据这几句话写成一篇洋洋万言的文章!

我们先不妨假定说梁实秋先生的万言文章,恰恰如梁宗岱先生所引的那一小段文章一样,对于美的定义下得如此天真而单纯。但批评者如此写出他的意见,给我们留下的印象,又是什么?是使我们照样不相信除了日本或美国都不许有梁实秋那么一个人做外国文学系主任,还是相信法国有像梁宗岱先生那么写批评文章的人?从这里可以弄明白,其实倒是"找寻真理"的方式,如宗岱先生所使用的方法,全不适宜。即或法国文化就像宗岱先生所说的办法发展的,中国依然未必合用。这不像是求真,是最不高明最笼统的一种谩骂。

梁先生说毕法国情形后,又回头看了一下我国情形。

> 回头看看我们智识阶级的聚会,言及义的有多少?言及义而能对他的主张,他的议论负责的又有多少?除了"今天天气哈哈哈",除了虚伪的应酬与恭维,你就只听见说长道短了。

代表中国"智识阶级"应当是中央研究院评议会，中国哲学会，政治学会，生物学会……大小公私团体不下百十种，梁先生参加过多少次这种团体聚会？就如说是文学团体的聚会，私人集会，事实上梁先生参加过有多少？事实上这些聚会又都是言不及义，除虚应酬与恭维就无可做？我倒同意梁宗岱先生另外说文坛流弊根源那几句话，以为很诚恳动人，其中或有一二错字，意思是明白的。

> 但是我那篇文章所抨击的，又不止文坛上一种恶倾向而已。如果我们留心观察，便会发见我们学术界流行着一种浮夸，好炫耀，强不知以为知，和发议论不负责任的风气：那才是我们文坛底流弊的根源。

我以为值得凡是拿笔——尤其是拿笔议论人或讨论事的朋友注意。因为这种注意可以去掉执笔的一些不必需的傲慢，却又可稍微增加一点应有的谦虚。写出来的文章也许不那么雄赳赳，理直气壮，热烈兴奋，但自己立场总站得稳一点，也就比较容易接近"真理"。真理是一个渺茫名词，就常识言，不妨说它容易有"效果"；如作者所等待的效果。一篇批评文章辞胜于理，而又气胜于辞，它会得到相反的效果。

本文第一点说的是滥用名词不可免。因为许多名词在专家和流行习惯下使用时，含义不一致，值得原谅。第二点说的是滥用名词不可免，或错误，或轻重失宜，有心人欲救济，也不一定必须照法国式一枪一剑，因为它求不出结论，如梁宗岱先生办法即是一例。综合两点得来一个结论却是盼望拿笔的用笔时谨慎一些。在个人机会上有到法国或英国跟名流谈天的，在职业上有教授和专家，容许他因此对于个人生活多得一种精神上的乐趣，和身份上的自尊。也许可朋友，因自己年纪较轻，用"我不明白不妨事，你还不应当明白吗"态度而增加被指摘的挪揄分量，得到快乐。但拿笔发表意见时，还是同样应负责的。批评要效果，不只是自己写出，得到情感排泄的痛快，同时还要给被批评者看，令他首肯，还要给一般人看，觉得坦白而公平。

梁宗岱先生求真的方法，可说代表一种风格，吵吵嚷嚷街头相骂的风格。有时是声音大能持久就可成功的。若我们觉得这太需要精神，不大经济，还不如学学"在帮的"吃讲茶办法，压住气谈谈好。在帮的谈的不过买卖妇女占夺权利俗事，但说理方法却值得我们中国学者取法。

至于文学的进步,在一篇文章中寻章摘句,或筵席上一剑一枪。即或是极重要的,事实上恐怕也只有少数人如梁宗岱先生可作,因为这需要丰富的学问,以及在一个名词上求真的兴味。至于大多数人,倒似需要从大处看,明白中国情形(不提国家至少也应当明白中国文学过去当前的情形),知道想分担这个建设的光荣,得低下头来苦干,不自满自骄,也不妄自菲薄;不因自己一点长处忘却世界之大,也不因为珠玉在前即不肯努力。诚于工作而不必急于自见,不至于因一时得失而转变不已。各有所信也各有所守,分途并进且相互尊敬。批评它的得失者,能虚心客观地去认识它,明白过去和现在,究竟是什么情形,再从此推测未来,比较有意义些,说的也中肯些,要进步,期以十年,必然会得到相当的进步,若说堕落和危机呢,似应当由三种人负责,一是写作态度不诚实,或变相抄袭,不觉得可耻,又善于作伪,用各种方法推销其作品的作者。二是见解窄,野心大,知道的有限,话说得极多,毫无真实信仰,唯利是趋,反复无常,却常居领导地位的论客。三是又热心,又诚实,不过英雄气分太强,自视太高,容易把写作(不拘是论文,批评,创作)当成排泄情感的工具,不大明白自己也不大明白读者的人物。这三种人在许多情形下,都将成为进步的绊脚石，但也在可能机会上，大有助于新文学的发展（尤其是第三种人）。正因为我们背后还有一个无言者"时间"，虽沉默却比较公正，将清算一切作品，也教育一切作家。"信天翁"是我们用来嘲笑不负责之徒的名词，但一个作家在工作上尽责，在时间上等待，却并不十分可笑。一个关心目前中国文学，又明白文坛内情的人，一定会承认口号多，问题多，战争多，只缘于作家中忍受寂寞甘于作信天翁的太少。一些很有前途的作家，都在一面写作，一面推销，忙碌情形中混，时间不得帮助他反而毁了他，从这种当前的事实，我们也可以看出一点未来，未来的希望或危机，与其说是在"思想抉择"上，不如说是在"写作态度"上。

谈谈木刻

近十年来因各种定期出版物需要插图，报纸需要插图，木刻和漫画应时而起，成为一种新课目，且在若干"票友"似的热心家提倡下，经过一阵努力，弄出了些成绩，给一般人印象也相当好。从事于此道的朋友，很有些名字，说起来仿佛十分熟悉，为的是所有作品，已经使我们十分熟悉，漫画如张振宇、赵望云、黄鼎……木刻如李桦、陈烟桥、马达……几位的成就，对社会影响言，似并不弱于一般经院派的艺术家。这影响或者也可说是堕落了"艺术"的价值，因为它同"新闻纸"或"商业性"关系异常密切，不可分开，它重在装点时事，过于贴近眼见耳闻的世务，它的效果仅仅维持于"谐谑"以及邻于谐谑的"刺激"作用上。它只成"插图",难独当一面。换句话说,它是新闻的附庸。虽有漫画杂志,和某某木刻集行世,依然不容易成为独立艺术一部门。即如说"艺术下乡","艺术大众化",就当前情形,让我们公公平平想一想大部分漫画、木刻,下得了乡下不了乡?大众化,有多少大众能懂?就能看懂了,能不能发生作者所期望的作用?这问题我们若对之有相当兴趣,分析分析看,便可明白一件事实:一般漫画木刻,提高还缺少能力,普及也同样还缺少能力。它离不开报章杂志的附庸地位,为的是它所表现的一切形式,终不摆脱报章杂志的空气,只能在大都市中层阶级引起兴趣,发生作用。想把它当油画挂卧室客厅大不相称,想把它当年画下乡去也去不了。

现在我只就木刻来说说,它的问题可以作两点:一是技术上似乎还有缺点,二是作者对象似乎还认识不清。技术上缺点就是功夫不到家。素描速写基础训练不足,抓不住生物动的神气,不能将立体的东东西西改作成平面的画,又把握不住静物的分量。更大的弱点,恐怕还是在分配上,譬如说,表现一个战争场面,不会分布,表现一个人,空间同实体如何分配处理,方能产生那个恰到好处的印象。由于相关知识的疏忽,大体说来，总是成功少，失败多。正如写字，大家都在那里讨论拿笔方法和用笔方法，却不甚注意到组织以及由组织而产生的印象。讲刀法而不注重对观众眼耳的装饰效果，所以许多木刻画，若无说明，我们就看不懂他的意思所在，即有说明，也觉得这种说明不大相干。大家都有雄心大志，想"艺术下乡"，可是就从无人注意到"乡下艺术"。试举一个平凡的例说，乡下艺术中的年画之中的"老鼠嫁女"，现横幅的形式，如何容易使它事件展开？用粗重的线，有刺激性的颜色，如何使乡下人在视觉上得到习惯的悦乐？用多大纸张，使它当成装饰物贴到板壁上时，方能供乡下人欣赏。假如转换题材，想用"炮打东洋人""全民抗战"一类题材制作画面，题目庄严，却必须注入若干快乐成分到画面上去，方能够产生效果？凡此种种值得注意处，就我所见到的木刻画看来，差不多全都不曾注意。因此不特下乡无望，即入城，到小县城中小学校去，还得让上海的五彩石印香烟广告画，和锦章书店一类石印彩画占先一着。木刻真正的出路，还依然仅仅只是作成手掌见方，放在报章杂志上应景凑热闹。

所以从我那么一个外行看来，木刻若要有更广大的出路，更好的成就，成为一种艺术品，就制作形式言，从武梁石刻近于剪影的黑白对照方法，到现存年画纯粹用线来解决题材方法（以及两种极端不同却同样用鸟兽虫鱼补充画面，增加它的装饰性方法），必须充分注意，认真学习，正因为值得注意值得学习来加以折中试验的方法实在太多了！大家与其抽象，讲"刀法"，争"派别"，何如综合各方面知识，来作一种大规模的尝试。只要有了这种尝试精神，据我个人意见，用"全民抗战"作题材固然必要且易见成效，即用西南数省少数民族风物习俗作题材，也同样可望产生一些惊人的成绩。我们当前极需要的，正是这种有尝试精神的朋友来努力。

跑龙套

近年来,社会上各处都把"专家"名称特别提出,表示尊重。知识多,责任多,值得尊重。我为避免滥竽充数的误会,常自称是个"跑龙套"角色。我欢喜这个名分,除略带自嘲,还感到它庄严的一面。因为循名求实,新的国家有许多部门许多事情,属于特殊技术性的,固然要靠专家才能解决。可是此外还有更多近于杂务的事情,还待跑龙套的人去热心参与才可望把工作推进或改善。一个跑龙套角色,他的待遇远不如专家,他的工作却可能比专家还麻烦些、沉重些。

跑龙套在戏台上像是个无固定任务角色,姓名通常不上海报，虽然每一出戏文中大将或寨主出场，他都得前台露面打几个转，而且要严肃认真，不言不笑，凡事照规矩行动，随后才必恭必敬地分站两旁，等待主角出常看戏的常不把这种角色放在眼里记在心上，他自己一举一动可不儿戏。到作战时，他虽然也可持刀弄棒，在台上砍杀一阵，腰腿劲实本领好的，还可在前台连翻几个旋风跟斗，或来个鲤鱼打挺，鹞子翻身，赢得台下观众连串掌声。

不过戏剧照规矩安排，到头来终究得让元帅寨主一个一个当场放翻！跑龙套另外还得有一份本事，即永远是配角的配角，却各样都得懂，一切看前台需要，可以备数补缺，才不至于使得本戏提调临时手脚忙乱。一般要求一个戏剧主角，固然必须声容并茂，才能吸引观众，而对于配角唱做失格走板，也不轻易放过。一个好的跑龙套角色，从全局看，作用值得重估。就目前戏剧情况说，虽有了改进，还不大够。

我对于京戏，简直是个外行，解放前一年难得看上三五次，解放后机会多了些，还是并不懂戏。虽然极小时就欢喜站在有牵牛花式大喇叭的留声机前边，饱听过谭叫天、陈德霖、孙菊仙、小达子、杨小楼等流行唱片，似乎预先已有过一些训练。顽童时代也净逃学去看野合戏。到北京来资格还是极差。全国人都说是"看戏",唯有北京说"听戏",二十年前你说去"看戏",还将当作笑谈,肯定你是外行。

京戏必用耳听,有个半世纪前故事可以作例:清末民初有那么一个真懂艺术的戏迷,上"三庆"听谭老板的戏时,不问寒暑,每戏必到,但座位远近却因戏而不同。到老谭戏一落腔,就把预先藏在袖子里两个小小棉花球,谨谨慎慎取出来,塞住耳朵,屏声静气,躬身退席。用意是把老谭那点味儿好好保留在大脑中,免得被下场锣鼓人声冲淡!这才真正是老谭难得的知音,演员听众各有千秋!

故事虽极生动,我还是觉得这对当前今后京戏的提高和改进,并无什么好影响。因为老谭不世出,这种观众也不易培养。至于一般观众,居多是在近八年内由全国四面八方而来,不论是学生还是工农兵,到戏园子来,大致还是准备眼耳并用,不能如老内行有修养。对于个人在台边一唱半天的某种剧目,即或唱工再好,也不免令人起疲乏感。何况有时还腔调平凡陈腐。最不上劲的,是某种名角的新腔。通常是一个人摇着头满得意地唱下去,曼声长引,转腔换调时,逼得喉咙紧紧的，上气不接下气，好像孩子比赛似的，看谁气长谁就算本事高明。他本人除了唱也似乎无戏可作，手足身段都是静止的，台上一大群跑龙套，更是无戏可作，多站在那里睡意蒙眬地打盹，只让主角一人拼命。

这种单调唱辞的延长，和沉闷的空气的感染，使得观众中不可免也逐渐有梦周公势。这种感染催眠情形，是观众对艺术的无知，还是台上的表演过于沉闷单调，似乎值得商讨。有朋友说，旧戏主角占特别地位，在这一点上，是"主角突出"。我以为如突出到主角声嘶力竭，而台上下到催眠程度，是否反而形成一种脱离群众的典型，还是值得商讨。

京戏中有很多好戏，其中一部分过于重视主角唱做，忽略助手作用，观众有意见虽保留不言，但是却从另外一种反应测验得知。即近年来地方戏到京演出，几几乎得到普遍的成功。川戏自不待言。此外湘、粤、徽、赣、闽、晋、豫，几几乎都能给观众一种较好印象。地方戏不同于京戏，主要就是凡上台的生旦净丑，身份虽不相同，都有戏可做。这是中国戏剧真正老规矩，从元明杂剧本子上也可看得出来。虽属纯粹配角，也要让他适当发挥作用，共同形成一个总体印象。

地方古典戏的编导者，都懂得这一点。比较起来，京戏倒并不是保守，而略有冒进。至于京戏打乱了旧规矩，特别重视名角制，可能受两种影响：前一段和晚清宫廷贵族爱好要求相关，次一段和辛亥以来姚茫父、罗瘿公诸名流为编改脚本有关。这么一来，对诸名艺员而言，为主角突出，可得到充分发挥长处的机会。

但是对全个京戏而言，就显然失去了整体调协作用。和地方戏比较，人才锻炼培养也大不相同：地方戏安排角色，从不抹杀一切演员的长处，演员各得其所，新陈代谢之际，生旦净丑不愁接班无人。京戏安排角色，只成就三五名人，其他比较忽略，名人一经凋谢，不免全班解体，难以为继。京戏有危机在此，需要正视。

二十年谈京戏改良，我还听到一个京戏正宗大专家齐如山先生说过：京戏有京戏老规矩，不能随便更动（曾举例许多）。我们说京戏并不老，唱法服装都不老，他不承认。事实上随同戏台条件不同，什么都在变。出将入相的二门，当时认为绝对不能取消的，过不多久一般都不能不取消，只有傀儡戏不变动。检场的今昔也大不相同，二十年前我们还可见到梅兰芳先生演戏，半当中转过面去还有人奉茶。池子里茶房彼此从空中飞掷滚热手巾，从外州县初来的人，一面觉得惊奇，一面不免老担心会落到自己头上。有好些戏园子当时还男女分座，说是免得"有伤风化"。改动旧规矩最多的或者还数梅程二名演员，因为戏本就多是新编的，照老一辈说来，也是"不古不今"。证明京戏改进并非不可能，因为环境条件通通在变。京戏在改进工作中曾经起过带头作用，也发生过麻烦。目前问题就还待有心人从深一层注注意，向真正的古典戏取法，地方戏取法，肯虚心客观有极大好处。

例如把凡是上台出场的角色，都给以活动表演的机会，不要再照近五十年办法，不是傻站就是翻筋斗，京戏将面目一新。即以梅先生著名的《贵妃醉酒》一戏为例，几个宫女健康活泼，年青貌美（我指的是在长沙演出，江苏省京剧团配演的几位），听她们如傻丫头一个个站在台上许久，作为陪衬，多不经济。如试试让几个人出场不久，在沉香亭畔丝竹筝琶的来按按乐。乐不合拍，杨贵妃还不妨趁醉把琵琶夺过手中，弹一曲《得至宝》或《紫云回》，借此表演表演她作梨园弟子师傅的绝艺。在琵琶声中诸宫女同时献舞，舞玄宗梦里所见《紫云回》曲子本事！如此一来，三十年贵妃醉酒的旧场面，的确是被打破了，可是《贵妃醉酒》一剧，却将由于诸宫女活动的穿插，有了新的充实，新的生命，也免得梅先生一个人在台上唱独角戏，累得个够狼狈。更重要自然还是因此一来台上年青人有长处可以发挥。

京戏改良从这些地方改起，实有意义。还有服装部分，也值得从美术和历史两方面试作些新的考虑。社会总在进展，任何事情停留凝固不得。历史戏似乎也到了对历史空气多作些考虑负点责任时期了。

无论洛神、梁红玉、杨贵妃，其实都值得进一步研究，穿什么衣更好看些，更符合历史情感及历史本来。目下杨贵妃的一身穿戴，相当累赘拖沓，有些里衬还颜色失调，从整体说且有落后于越剧趋势。不承认这个现实不成的。过去搞戏剧服装，对开元天宝时代衣冠制度起居诸物把握不住，不妨仅凭主观创造设计。观众要求也并不苛刻，只要花花绿绿好看就成；外人不明白，还说极合符历史真实，这种赞美还在继续说下去，容易形成自我陶醉。

目下情形已大不相同，能让历史戏多有些历史气氛，并不怎么困难麻烦，而且也应当是戏剧改良一个正确方向。我们不能迁就观众欣赏水平，值得从这方面作提高打算，娱乐中还多些教育意义。这事情事实上是容易解决的，所缺少的是有心人多用一点心，又能够不以过去成就自限。